紫水晶戒指

三民叢刊 88

小民著

三民書局印行

文學因緣

莊因

將屆花甲之年時，經岳母林海音女士的引介和鼓勵，先跟人在上海的豐子愷先生的幼女一吟女士通信，後來結成姐弟情緣。一吟姐原係與岳母大人姐妹相稱，由於我的僭越，她曲尊降了一輩。一吟姐僅長我四歲，她與我岳母結為姐妹，多少有一點「高」攀之感，我在信中告她，與我結為姐弟才是名正言順。而且，如今人與人建立某種關係，都是因緣，兩兩相成。我跟她的姐弟關係絕不影響她與我岳母之間的姐妹關係，經我一說，她也就釋懷而慨然接受我這位老弟了。我們莊家兄弟四人，無姐無妹，在我得到一位老姐之後，其快何如。緊接著花甲過了，又跟臺北的小民女士結為姐弟。花甲之年，未期一下子得到了兩位老姐，說是喜出望外，似也未嘗不可。小民姐原來也是與我丈母娘姐妹相稱的，我沒有逼她紆尊降貴，只是但憑虔誠心意打動了她。結果，她又變成了我花甲之年的第二位老姐了。

五年以前，我大病一場。其間，小民姐以虔誠基督徒的慈愛之心，為我隔海禱告。而這事我一直到最近才知道。而小民姐對於我的蕪文雜篇，也長久特表謬賞。去秋返臺，在瘂弦兄相邀的一次餐敍上與小民姐和她的先生喜樂大哥相值，彼此言談甚歡。

返美後的這一年，屢承小民姐寄贈拙文刊出之臺灣報紙副刊剪報，對她的關愛，十分銘感，也因此通過幾次書信。由於她寄給我一篇她所寫關於當年在四川的抗戰回憶文章，這一段我們有共同生活的經歷，再加上我們同自故都北平如雲出岫的逃難背景歲月，她即使不是我的阿姐，也是我的鄉姐了。

前兩天接到阿姐的信，附來影印文稿數篇，要我為其新文集書序。按中國觀念，寫序必須年高。所謂「高」，必然五十以上。這一點，不幸被阿姐看中，不能推卻。但是，還有「德劭」部分，我實在汗顏。話雖如此，阿姐指令要我寫此一〈文學因緣〉，不得有誒，於是只好從命。

關於寫文章——此處指寫散文而言——我好有一比：就像庖廚手藝，南北中西都無妨，但必然要能表現出色、香、味俱全的大手筆。菜色製出，一定要引人食慾。這不是化學試驗，中看不中吃。所謂手藝，拿寫作來說，無非情與趣的摻和。文筆務求靚暢自然。時下部分年輕一輩的散文作家，易於忸怩濫情，又愛創作新句法，再塗抹一點輕飄飄的不食人間煙火的空靈色顏，綴上若干自認的哲理，於是乎就製作出一大盤「新文藝拼盤」來。這也就是我所說的中看不中吃的手藝。

小民姐的文章不是這樣。她喜歡紫色，紫色就是小民色。紫色是青赤二色的配和。青主凝莊，但赤(紅色)主鮮暢亮麗。二者調和，凝重而不浮揚，靓麗而不爍眼。我覺得小民姐的文章最好的方面，是她的「中國感」。不像許多時下的有些散文家，寫中國散文，除了使用中國方塊文字外，已經沒有中國味了。中國味來自對於中國歷史文化的汲取濡染體認，唯有這樣才能發幽光，才能寫出中國散文來。小民姐有一篇寫「旗袍」的文章，她說：「旗袍穿起來落落大方，自少女到老婦，任何年齡都合適。」正是如此。現在的中國年輕女性，大概有很多已經不知旗袍為何物了，她們看的穿的全是洋裝，吃的也都是改良的中餐，或根本就是洋食。除了看中文說中文以外，除了姓名是中國的以外，她們的觀念已經缺少中國文化感了。

我在前面說，寫中國散文最需掌握的是情與趣二者。情與文化歷史有關。有那樣的情，寫出的東西自然馨清雅和溫暖。小民姐在〈事非經過不知難〉一文中，就把那種溫暖的氣氛烘托出來：

秋涼以後，氣溫下降，夏天不願碰的毛線活兒……又被請出來放在客廳沙發上。微寒的天氣，室內沙發也換了暖和的墊子，上面擺著毛絨絨的毛線球，及未完工的毛線活兒，視覺上溫暖，感覺上更有家的溫馨。

織毛線，大概時下低於三十歲的中國女性已經非常非常陌生了。要穿毛衣就去買五色繽紛花式繁多的洋毛衫，誰有興趣誰有時間去編織？更重要的是，大家認為自己編織的毛衣「土」。土，則正是傳統的中國味兒，一針一線，才見手藝，這大概就是現代新中國女性所未考慮到的了。寫作也一樣，就要像編織毛衣一樣，一針一線，才能織打出絕活兒來。

小民姐在〈家後的花店〉一文中，描繪鮮美的花卉對於佈置家庭的重要，這與前文所提的「情趣」是一脈相承的。她這樣寫：

不管怎樣簡陋的房子，擺上幾棵綠色植物，便顯得富有和尊貴得多。如果再有一株散發典雅清芬的香花，整個屋子更因此變得溫馨可愛，氣氛也更像家啦！

一點也不錯，這樣平常粗淺的生活藝術，時下年輕的中國女性就是缺少。她們佈置家，好像非要來點人為的（洋玩意尤好）東西才是。我在海外的中國朋友家，能有掛出中國書法畫作的已經是上上之家，養花擺草的簡直看不見。有的人家居然擺出塑膠假花假草來，欲嘔還休。

讀書，所謂的精神食糧，也是小民姐文章中提到的重要事。尤其是寫散文的，她認為讀一些詩詞是絕對必要的。誰曰不然？她說（見〈以書爲友〉）：

要抽時讀一些好的詩詞，就像和一位淡泊名利的君子交友，無形中你會受他的感染。在物質追求越來越厲害的今天，讀古人詩詞，能令你返璞歸真，布衣飯菜亦知足常樂。

這樣委婉諄厚的筆墨，眞是她的苦心。

她在〈臺糖樹〉一文中說：「吃過糖，嚐過甜頭，人們便離不了糖啦！」如果我們用來看視散文，似乎改寫成這樣：「看過好散文，嚐過甜頭，人們便離不開好散文啦！」除了糖以外，鹽也是調味的重要作料。小民姐在〈奇妙的鹽〉一文中，說：「鹽的珍貴，就在它有味兒，和糖一樣。」

眞的，小民姐的散文，就像放了適量的糖和鹽一樣的菜式，非常可口。她可能不是烹製大菜的大廚司，但她絕對是調製撚手小炒的中國菜的高手。

一九九四、九、四、在天之涯

人間情事多（代序）

小民

說起來，已經是二十一年前的事了。

那時候，我才學習寫作、投稿，不到兩年，家由臺南初遷至臺北。有一天，在朋友送給我的兩本小書上面，我看見有徵稿啟事。徵求的是短小、輕鬆、有趣的文章，每本只需五萬字。我算了一下剪貼簿上的文章，估計夠五萬字了，就按書上的地址寄到香港「道聲出版社」。

我原是為好玩的，並未存多大希望。可是沒隔多久，我竟收到道聲出版社社長顏路裔先生親筆信，信中對我剪貼簿上的小文備加讚譽，告訴我他決定為我編兩本書。

約有兩個月的時間，我收到印著我的筆名的兩本小書，和一筆數目不算少的稿費。我彷彿在做夢一般，開心得睡著了都會笑醒。我一遍又一遍的讀著顏社長，也是道聲的總編輯寫的序。序文開頭寫著：

當人人叢書連續出版了三十册之後，我覺得該為讀者們換換口味了。我的心目中一直在搜尋一些委婉清徹、親切動人的散文，而我終於找到了。不久以前。小民女士將她的兩本散文書稿交給了我，一本是《多兒的故事》，一本就是這本《紫色的毛線衣》。我一口氣看完之後，覺得美極了，便立刻出版！

「美極了」是不錯，但不是文章美，而是小書封面設計、印刷，都可愛極了。我將香港寄來的六十本小書，放在家裡每一個角落，以便我隨時可以看見。又高興得找木匠為教堂詩班定製四把長椅、買了好些糖果分給鄰居和教友們吃。當然更和孩子們分享我的快樂，請他們上館子吃了一頓，還每人送給他們一件小禮物。

快樂過後免不了也有煩惱了，因為道聲出版社臺灣分社通知我，沒辦法將我的新書發行到市面上去，原因是書型太小了，小到可以裝進衣袋裡，不好安置。書雖然小巧可愛，奈何一般書店不願代售。那段日子，我逢人便訴說小書的苦惱。記不得是那位朋友了，他建議我去拜託三民書局劉先生，說這位先生一定會協助我。事情就跟那位朋友說的一樣，當我帶著我的兩本小可愛，直奔重慶南路三民書局，面陳劉先生請他批准道聲送書來寄售，他一口就答應了。

隔了幾天，我走過三民書局，看見我那可愛的雙胞胎小書，並排陳列在書架上向我微笑，我感到快樂得心花朵朵開，因著這些鼓勵，使得我原祗是隨筆寫寫，至今仍然未停筆。而且還帶動了丈夫、兒子、全家作文投稿的興趣。

時間過得快，二十年一下子就過去了。三民書局的業務不斷增長，除了增加了關係企業：「東大圖書公司」、「弘雅圖書公司」外，劉先生已成為最有魄力的出版家劉董事長了。年前，在好書頒獎會場上，與擔任頒獎人的劉董事長重逢，承他當面邀稿，使我又感到喜出望外。因為我對早年名家雲集的「三民文庫」，羨慕已久矣，如今承蒙不棄，由其編輯部編選，集成：《永恆的彩虹》、《紫水晶戒指》兩冊散文集。我深深感到劉董事長能如此溫馨對待素昧平生的「小民」，眞是一位有情人。願上帝賜更大的福份給他，和他的事業！

最後，要對三民書局的編輯部致謝。

紫水晶戒指

目次

一頭髮的故事一

有天搭公車，並非尖峰時段，車子裡卻已坐滿了。下一站，上來了兩位老太太。前面一位白髮皤皤，馬上有人讓位給她坐；後面那位容貌看來比前者老，腰幹微彎，但無人讓位給她，因爲她頭髮染得很黑。

我心中暗笑，染髮老太太一定不曉得白髮有很多好處，只擔心頭髮白，透露出老了的訊息。她沒想到白髮是智慧的象徵，《聖經・箴言書》教導年輕人：「在白髮人面前，你要站起來。」一頭與年齡相符的自然白髮，正展現人生另一階段的成熟之美。

每個人頭髮白得早或晚不一定，但無論年輕人的少年白，還是用腦過度、思慮太多的早生華髮，頭髮由黑轉白，等於樹葉隨季節換色，無須煩惱亦無須歎息。

頭髮原爲了保護頭皮，粗細濃淡天生而定，凡人無法左右。唯有生命的主，細數過我們的頭髮，配給每個人不同的髮質。

我的朋友中，有人試吃過據說可使頭髮變黑的「何首烏」、「黑芝麻」、「海帶」、「小魚干」、「紫菜」等等，效果究竟如何，並無定論。

髮白我認爲不必在意，髮禿卻教人不得不懊惱。

據說禿髮除因罹患疾病外，泰半由於遺傳。過去我不大相信，如今眼看我的三壯丁，承先啟後地掉頭髮，百般歎息、萬般無奈之下，只好點頭認了。唯覺不平的是，爲什麼這三個孩子，不遺傳母系豐美、遲白的好頭髮？硬要朝父親缺點看齊？

由我姥姥開始到我母親，再傳到我自己，頭髮都很不錯。六十歲以前，美容院洗髮小姐總會讚歎我的頭髮漂亮，原來我未經染色的頭髮，無須抹油，洗淨吹乾了便自有光澤。她說別的客人不到五十頭髮就白了，問我可有保養頭髮的秘方？其實什麼秘方也沒有，是我媽媽遺傳給我的好髮質。

我母親有頭黑亮濃密的秀髮，兒時我最愛守在母親身邊，欣賞媽媽梳頭時的悠閒；看媽媽將腦後的髮簪取下，解開髮髻，從盒裡取出三把篦子、一把木梳，先用木梳將頭髮輕梳一遍，再用由粗到細的篦子篦，三把篦子都用過了，再抹上一點桂花油。媽媽的頭髮便墨黑油亮起來。

等媽媽將髮髻重新盤好，小房裡飄浮著淡淡的桂花香，這時媽媽的心情特別輕鬆，我就趁機向她要錢買玩意兒，或要求她帶我逛街什麼的，多半能蒙應允。

母親共懷胎十次，生養我們兄妹八人。父親工作曾大起大落，無論家境富裕或困乏，母親總能安穩持家，不受父親變動影響。即使父親在外胡搞，甚至納女戲子為妾，母親仍保持雍容大度的風範。直到父親離家不返，大弟飛行失事殉國，母親承受失夫喪子之痛，這才碎了心也白了髮。

我心深處，永遠忘不了母親白髮蒼蒼，垂首落淚，教任何人看見都心疼難過的畫面。

而兒子們從父系遺傳禿頭，曾給我極大的震怒。上帝知道我是多麼盡心盡力地愛他們，打從他們尚未出母腹，我就為了腹中胎兒注重營養。我懷孕從不害喜，魚肉蔬菜什麼都吃，水果更是加倍食用，三個孩子出娘胎時全長著柔柔的黑髮。

保真少年時，他的小兒科醫生曾摸著他黑亮的頭髮，讚美我這個媽媽，將一個頑固性哮喘病童，養育得如此健壯，實在很難得。誰知他跟他大哥一樣，出國念書念掉了頭髮。

老大是出國一年後返臺省親時，我發現他頂毛稀疏了不少。他老爸說是睡美國鴨毛枕頭造成的，生怕我賴他是遺傳。

老大乖乖抱走媽給他預備的綠豆皮枕頭，又遵命不再熬夜，掉髮的問題才稍稍緩和。

老二掉髮跟鴨毛枕頭無關，是綠豆皮、茶葉枕伴同他出洋渡海的，爲啥出國兩年就頂毛稀疏，步上他大哥後塵？

至於老三，更氣人了，一向以頭髮多出名，見他兩個哥哥掉髮，竟也奮起效尤。但兩個哥哥都是去異國留學，留掉了頭髮，這老三誓死不出國念書，還稱：「美國鋪紅地毯歡迎，也甭想我去他們那兒念書。」他天天練長跑，沒過敏體質，又不會出國，我正慶幸好歹總有一個兒子不致於禿頂啦，誰知我又錯了！

那幸災樂禍、專門報憂不報喜的孩子老爸，前不久像發現什麼金礦似的，笑呵呵地對我說：「妳看見沒有？小多兒的頭頂，也有點禿了！」

當時我正在包餃子，一聽此言，連忙抓住小多兒叫他低頭給瞧瞧，果然有禿頂症狀，氣得我餃子也不包了，朝那一旁樂呵的禍首大聲說：「你還笑呢？孩子們受誰的遺傳呀？這就叫禍延子孫！」

三個兒子到底爲什麼要接收他們老爸的遺傳，前仆後繼地禿頭？眞令我百思不解。奈何媽媽不是上帝，誠懇禱告亦無用，只落得自己急得長出了一撮撮白髮。

——白髮今日生——

長了幾根白頭髮，在我這樣的年紀，還有什麼稀奇？何況都藏在頭皮下層，不仔細瞧，我的頭髮仍然烏黑亮麗——油質的頭髮，想它不亮也不行！

就怪我前不久，剛寫過一篇說染髮不好的生活隨筆，文友們才注意起我的頭髮。四月參觀陽明山國家公園，走在山陰道上，後面一位男生忽然叫道：「小民哪，妳也有白頭髮啦！我看見三根！」像發現新大陸一般。

關於我有白頭髮的歷史，其實滿久了。初次發現「媽媽的白髮」是多兒。那年他剛大學聯考落榜，又不肯進補習班，整天耗在家中吃喝，準備重考卻不專心K書，最喜歡陪我做家事。

白頭髮總是比黑頭髮短粗，又白又亮，像頑皮的孩子偷偷的翹了起來，在腦頂後方。多兒比媽高，年輕人眼尖，又叫又嚷的：「啊！白頭髮！」那神情，如同捉到小偷，不得我同意就伸手拔了下來。奇怪！白頭髮不單粗還是彎曲的，跟目前最流行的波浪燙是一樣好看。

從那以後，給媽拔白頭髮，成了多兒獻殷勤最愛做的活兒。有時，我自己對鏡梳妝，瞧見幾根白頭髮，也很自然的用小夾子拔下來，除之爲快！可能白髮根短，很容易拔，卻是拔掉一根又長三根，有經驗的朋友這樣警告我：白頭髮可拔不得呀，愈拔愈多！理髮小姐也如是說。多半是先讚美過：「太太您的髮質眞好呀！」吹洗過後，拿起鏡子讓我看後頭。我滿意她的服務，笑著說好，她也稱讚我頭髮好。

也有一回，美容院新來的女孩，竟抱怨我的頭髮不好整理說：「您頭髮又染又燙，吹起來費時間！」我立刻回她別外行了，染與未染都看不出還做美髮小姐，至於燙髮，我本來最討厭，最不喜歡燙髮，經不住女店主再三勸請，我才燙的呀，而我從不染髮！三千煩惱絲，頭髮的麻煩眞個不少！最近在一本刊物上，讀到一首有關白髮的打油詩，覺得很有趣，抄在下面：

聞道頭髮白、無人不白頭。有頭皆會白，不白沒有頭。白自由他白，頭還是我頭。笑人白頭者，自己也白頭！

誠哉！白髮無不好，要白由他白吧！不必拔，也無須染的。

—染髮好不好？—

《聖經》上說：「白髮是榮耀的冠冕」。

一頭銀亮的白髮，代表著成熟的睿智，聖潔的光輝，與烏黑的秀髮，同樣的美麗！爲什麼很多人不怕痲煩，花錢受罪，將自然變白的頭髮再染黑呢？理由很簡單，怕老矣！

人們的頭髮，早白晚白各不相同。以我家四姊妹來說，大姊在二十多歲頭髮便花白了，這就是所謂的：「少年白」。那時候染髮不普遍，愛時髦的姐姐，只好時常換新髮型，穿流行服飾，彌補頭髮早白的缺陷。三妹和四妹也不到四十歲，就有了白髮。四妹偏偏又白得很不平均，是右邊頭頂斜斜的白了一塊，她是高中國文老師，頑皮的學生好奇，問老師頭髮爲何只向右邊白？四妹答曰：「向右看齊！」

四姊妹中，唯有我這排行老二的，頭髮白得最慢，至今還滿頭黑髮，經常被人誤認染過的了。跟何凡鄉長一樣，常蒙：「不白之寃！」

我的頭髮所以白得慢，可能是母親的遺傳，先母的頭髮烏黑油亮，濃密厚實，常常因頭髮太多嫌麻煩。我們卻覺得母親黑亮的頭髮，梳成髮髻，高貴端莊，好看極了！後來，大弟飛行不幸失事，母親傷心過度，頭髮很快變白了！古時忠臣伍子胥，憂國憂民，不也在一夜之間急白了頭髮嗎？

人體各器官的奧秘，無人能解。生理學家，也說不出為何一母生四女，怎麼只有我得到母親好頭髮的遺傳？但上帝是公平的，大姐不是遺傳到母親細緻白嫩的皮膚嗎？三妹的鼻子及身段，四妹靈活的大眼睛，不全是母親傳給她們的嗎？

染髮不僅麻煩，據說其化學染髮劑，多用還會對人體造成傷害。而很多老先生，老女士臉部已出現皺紋，歲月的痕跡靠人工終難掩飾，單將頭髮染得烏黑，與臉面也不相配。再說，染過不久，新生出的頭髮還是白的，更加難看！人的美醜，不在外形，老少也看您心靈氣質，怕老染髮自欺欺人是不必的！

若為了學洋人，將頭髮染黃，越發不值。該感謝上帝賜給我們民族黃膚、黑髮、黑眼。西洋人都羨慕咧，那兒還傻得去「花錢受罪」，將好好的黑髮染成難看的，枯草般的黃髮！

「無限深情愛旗袍」

老時代常聽到一句對未婚女性說的話：「常穿旗袍，沒有遇不到的親家。」意指女性穿起旗袍，總能表現出一種嫵媚溫婉的女性美，又給人賢淑的印象，自能吸引男士紛紛前來追求。

旗袍穿起來落落大方，自少女到老婦，任何年齡都適合。年輕女孩穿旗袍，可縫製得合身些，顯出身材的曲線美；年長婦女穿旗袍，不妨剪裁得寬大點，以舒適、方便爲原則。一件選料、色彩合宜的旗袍，可當晚禮服出席宴會，往往令其他款式的禮服相形失色。世界時裝設計千變萬化，卻沒一種設計能像旗袍般歷久而彌新，那樣能表現女性的高尚、典雅之美。

事實上，許多外國婦女也都羨慕旗袍，可惜上帝沒給歐美女性適合穿旗袍的體型。

最早對旗袍的認識，還是在老家北平。那時旗袍叫「大褂」，是普通人的服裝，男女老少都穿大褂。天冷了，男生出門加件「馬褂」，女人加穿「坎肩」或「斗蓬」。天熱家居穿「短褂」，內衣則叫「小褂」。

到了懂得愛美的年紀，十分眼紅姐姐們穿的又叫「長袍」的「大褂」，對自己總是一身「短襖」「褲褂」十分不滿。姐姐們的長袍大褂，都滾有緞邊，鑲著盤花扣；出門做客穿的，還是綉花緞面，和母親的衣服一樣華麗。

儘管母親用「蜜蜂牌」、「皇后牌」毛線，替我織了保暖的毛線衣、小背心，我還是委曲自己沒有絲棉袍子。母親說絲棉袍小孩容易弄髒，拆洗麻煩；花布襖髒了沒關係，換個面子就是。

那時候真不怕麻煩，家中女佣每年要為小孩的棉衣換新面子，順便放長放寬。若是絲棉袍，不是送去裁縫店，便得請裁縫師傅來家，支起案子剪裁縫製。

我最喜歡老裁縫來的日子，可以分享款待他的下酒菜，聽他說故事。有時明知他是胡編瞎吹，我也聽得津津有味。瞧他透過老花眼鏡穿針引線，又是漿糊，又是烙鐵（燙斗），都用得圓熟應手。單袷皮棉，隨便啥樣兒的大褂旗袍，他都縫得既精細又平整。小孩眼中真有如變魔術，早兩天還是一堆布料，轉眼間就變成了一疊新衣。

頭一回讓老裁縫量尺寸，是給我縫件過年穿的粉底紫花小長袍，先量過衣長、衣寬，在量脖子尺寸時，他的長指甲刺痛我頸項也不在乎。

新衣服的喜悅，硬是讓我興奮得睡不著覺。撫摸著絲綢的光滑，穿在身上的輕暖，實在太好了！爲了保護漂亮的小長袍，母親又讓老裁縫給我縫了兩件藍布罩袍。

也許因爲母親永遠穿旗袍吧，戀母情深，我打小時候就不喜蓬裙子「洋服」。即使是綴滿花邊、腰繫蝴蝶結的小舞衣，美則美矣，我最愛的還是中國式「旗袍」。

——大褂兒與旗袍——

記不清由那年那月開始，對旗袍產生了好感？依我愛動歡喜舒適的性格，合身窄腰高領旗袍，穿起來好看是好看，可是行動太不方便了！

但如果像我年輕時代，身材尚稱苗條，一件剪裁合宜的旗袍，確實爲我增添了許多中國女性的美麗。如今，年齡老大，身段已不復當年修長，但以寬鬆爲主的改良旗袍，穿在身上，完全看不見漸漸隆起的小腹，和已經「中廣」的腰身，與穿長襯衫及踩腳褲，有異曲同工之妙！

「旗袍」的名稱，早年在大陸稱爲「大褂兒」或「長衫」。沿襲自清朝「旗」人的服裝。現代人或男生的長袍、短褂，統稱爲「唐裝」，意爲唐人之服裝也。

其實早年之旗袍，與現代改良旗袍十分神似。特點同爲無腰身，直籠統寬寬大大的下襬，作息行動皆甚方便。

我小的時候，民國二十多年，北平孩子們穿的外衣內衣，大部分是布做的大褂、短褂、短裙、長裙、長褲。只有少數家庭給小男孩穿叫洋服的襯衫短褲——海軍制服式。小女孩穿蓬裙長襪黑漆皮鞋。姐姐、我和弟弟就這樣打扮穿著，去照相館拍了一張相片，給祖父留念。

當時，我們的服飾，在街坊鄰舍眼中，簡直是「摩登」得不得了！半世紀以後，重觀這張相片，仍覺未與時代脫節。另外一張坐在母親膝上，我一身棉褲棉襖，撓起兩支穿「棉窩」鞋的小腳。頭紮小辮兒，睜圓了娃娃眼的相片，可就土到家啦！

我對旗袍一往情深，完全由於母親一生總是穿旗袍。偶爾天冷，裌袍外加件毛線外套。寒冬之際，母親穿長絲棉袍又輕又暖，內著「衛生衣褲」，即現在的棉毛衫。炎夏母親的「夏」布，即「麻」布，褲褂只在家居時才穿。出門永遠穿大褂兒，無論冬夏千篇一律。雖然母親的衣裳少換樣式，卻怎麼看都覺端莊秀美。夏天那一襲黑色，或米色湘雲紗長袍，更襯托出母親白皙皮膚，優雅風度。母親曾就讀河北天津高等女師，是民初年間，少數女子有機會受新式教育的幸運者。

所以，我總覺得女性穿旗袍，多了一點書卷氣。

由於我喜歡請洋裁店，縫製旗袍式洋裝，也就是改良旗袍，文友們看了，物以稀爲貴，紛紛讚美。改良旗袍市面上成衣很多，只是太花俏了，我寧可花點工錢買布訂做。最叫好的，是老家土藍白花布。我做成襯衫短褂、長袍、背心、外套，穿出去在宴會上亮相，嗬！誰瞧見都讚不絕口。有一次我出席亞洲華文作家年會，去吉隆坡和新加坡開會，通知上請攜帶正式服裝。我帶的每件都「正式」，因爲改良旗袍，原爲中國文化的衣著，當然正式！

願女性同胞，大家擁護中國旗袍，常常穿旗袍，美麗又大方！

事非經過不知難

——「慈母手中線」還須下工夫學習

又到織毛衣的季節了。秋涼以後，氣溫下降，夏天不願碰的毛線活兒，編織了一半的圍巾背心，又被請出來，放在客廳沙發上。微寒的天氣，室內沙發也換了暖和的墊子，上面若擺著毛絨絨的毛線球，及未完工的毛線活兒，視覺上溫暖，感覺上更有家的溫馨。

寬鬆舒適的針織品，永遠是女性們的寵兒。無論世界時裝如何改變流行款式，毛線衣總是要佔一席之地。因爲這種一針一線以手工編織而成的「身上衣」，不僅代表「慈母手中線」，亦常代表情人密密綿綿的愛戀，朋友情深意摯的關懷。

我的記憶裡，就銘刻著好些關於編織的親情友愛，除了我視爲拱璧母親在離世前，爲我織的那件淡紫色毛線衣外，我的大姊及幼時同窗好友、同樓比鄰、同教會姊妹等都曾經不憚其煩的織過衣物送我。還有海內外讀者知音們，寄贈許多漂亮摩登的編織品，小至圍巾帽子，大到成套的衣服，毛活兒背後的人情味小故事，眞是一時也述不盡道不完。尤其在去年我自己嘗試編織以後，才知道看似簡單的毛線活，做起來還眞不容易！

我承認自己是很笨的女子，母親在世的時候也常說我：「小二妞呀，就是個拙老婆巧嘴！」

拙老婆巧嘴就是什麼事都只會說不會做：不會烹調，會說好吃不好吃！不會女紅，會說好看不好看！尤其不會織毛活兒，還嫌大姊和母親織得不漂亮，樣子土。以爲自己如果願意編織，一定比她們織得好看！並且還有意無意的，在織毛活老手面前調侃她們織得慢，成天抱著一件毛活跑！

去年，我突然大發奇想，何不自己學織毛衣？正巧保眞由北歐給媽媽寄來幾種紫色系統毛線，有純羊毛的，有毛海的。教友淑貞與我常相過從，她便是編織高手，曾代我織過兩件大毛衣。我拜她爲師，她也欣然接受，還說我這麼聰明的人，保證一學就會！

可是啊！事非經過不知難，瞧人家一針在手，輕鬆愉快的織著。那知針到了我手上可不同了，不是越織越緊，就是脫針落線，織著織著就比老師起的頭多出來許多針，要不就織成一個洞一個洞的掉了針。收邊也學不會，分袖子更不行，氣得我老師發下話來，不准我說是她的學生，哀哉！您說我多笨！

—搬家苦—

《聖經》上說：「行路的人不知道自己的腳步！」—意思是，人在世上，不能預知明天的際遇。確實如此，像我沒搬家之前，絕對想不到糊裡糊塗就換了一次房子，依我們全家大小的個性，都是一動不如一靜，以往除非戶長轉業，由南遷北，或是從大陸來臺灣，非搬家不可。否則我是不輕易言搬家的。

再說，我們原來住了十五年的房子，雖然舊了一點，但三房兩廳，前後寬大陽臺，採光隔間都好，廚房又大。加上住四樓公寓頂樓產權屬我家，等於自己庭院，比上不足比下有餘，三口之家住著不是滿好的？

爲什麼要換屋搬家？說起來該歸於女人好奇，喜歡亂看新房子的心理。猶如女人愛逛百貨公司，本不想買東西，走進去瞧瞧，不知不覺口袋的錢就送給了店鋪。拿回來好些並不需要也不缺少的衣物用品，白佔地方！我就是閒來沒事，路經現在住屋街巷，看見一棟即將完工的新房子，忍不住走進去瞧瞧，這一瞧，就引起以後許多麻煩，眞是自尋煩惱找罪受！

也不完全是閒來無事，那天我路過新屋這條街巷，原先是拜訪三妹一位會織毛衣的老同事的。這位女士織得一手好毛衣，爲三妹同事中編織手藝的祖師爺。由於遠在北歐負笈的兒子保眞，從冰島給媽媽買回珍貴的紫色毛線，三妹介紹我請祖師爺，將「兒子孝心線」，變成「母親身上衣」。承這位巧手慧心的老友答應了，回家的路上心情歡愉，竟不經愼重考慮，訂下了六層雙拼新厦的五樓。

簽約付下訂金，想到搬家麻煩，而且錢又不够，就開始吃後悔藥了！奈何已付訂金，想反悔也晚矣，只好東拼西湊積够自備款，再托人賣掉舊房子，吃虧上當是免不了的，誰叫自己對房地產買賣外行，值一百六十萬的房子，僅一百一十萬就賣掉了，買主一轉手，就賺了五十萬。而新屋要加上三倍的錢，只好向銀行貸款。想想，原來過得好好的平安無事，從不欠人半角錢的，無緣無故變成欠銀行債啦？眞叫吃錯了藥，又怪誰呢？只好搬家啦！說到搬家，馬上不寒而慄唷！由於戶長先生是有福之人，向不爲任何生活中繁瑣操心勞力，所以搬家大事不敢指望於他。自臺南搬臺北那次，只叫他負責交涉個搬家公司車子，他老先生居然認爲一輛小發財貨車，便可容納得下兩輛大卡車都裝不完的家具行李。若非教會一位蘇弟兄大力協助，臨時調來一部大車子，眞不知如何才好！

平時常聽見別人搬家，有位朋友五年之內搬了三次家，眞佩服他！也許人家懂得如何收拾東西，不像我這樣沒出息，十五年才搬一次家，竟弄得元氣大傷！

其實也沒有什麼貴重物品，但破家值萬貫，不搬動顯示不出破爛東西多，一動就不得了。光是書就收拾了三天三夜，別瞧它們一向按著高矮肥瘦，排列在書櫥書櫃份量不怎麼樣，取下來足足裝了三十幾個大紙箱，紙箱用完了又綑了好幾綑。家中成員除二老外，只有一個在臺大三年級讀書的壯丁，另兩名壯丁一在北美，一在北歐，調遣不易路途太遠。捨遠求近，高雄請來小妹夫，加上臺北的三妹夫，也算有三名少壯派，和一名老男生，七手八腳包紮綑綁，裝入兩輛貨櫃大車開來新居，雜物卸下，因書多添錢加小費打發工人走後，我赫然發現，尙有三大衣櫥衣服，仍然掛在舊居衣櫥內，而廚房大部分鍋碗也停在原處。新居自客廳到餐廳，堆滿了一箱箱的書，找個下腳之處皆難。另外，屬於保眞住的無人臥室，也堆滿成綑的雜誌紙張，狼狽之況無法形容，這就是不肯割捨，忍不下心丟書的惡果呀！

不消說來往奔波舊居與新屋之間，那種煩累與辛苦，簡直想坐在地上大哭一場！恨自己太不能幹，搬個小小的家，就這麼大費周章？要怨就怨那位老伴兒吧！若是他不永遠凡事任其自然，早點協助計畫，及早著手收拾搬起來，總會有次序一點！

電話移機、信件改地址、遷戶口、諸般瑣事又困擾許多時日。而好些常用的物品，竟不知放在何處？找不到東西的後遺症，更是免不掉。這新房的好處，不過乾淨一點，多一間浴室，有個電梯而已！而搬家之苦還有很多卻一時說也說不完哩！

佳賓來訪

遷到新居沒幾天，老蓋仙夏元瑜來訪。他出現門前我很意外。因爲，這位仁兄難得串門子，而且我們才搬過來不久，他怎麼找到的？他一向不專長找路，總是弄不清生地方門牌號碼！看見他來很驚喜，他手上還提著一條日本北海道名產大鹹魚。年年有餘、吉慶有魚！老蓋仙如是說。

老蓋仙第二次來，是偕他夫人蓋仙娘娘雙雙前來的，同天光臨舍下新居，還有梁實秋教授、韓菁清女士。梁教授夫婦頭一回來，倒是沒費事就找到了。老蓋仙已經來過一次，卻找不到地點，在巷口打電話，叫喜樂去接了他賢伉儷。原來第一次來是碰巧搭上了會認路的計程車，這回計程車司機先生找不到我們家！

梁教授滿面春風，著紅夾克打紅領帶，誰也瞧不出這位國寶級文學大師，已經八十五歲高齡：「智慧使人年輕。」我每次見到梁教授，心中便這麼想，梁教授收到我告訴他搬家信後，先回函表示一番慰問，他說深知搬家之苦，允諾改日來舍下新居，吃餃子。梁教授不愧典型學者風範，言出必行，守信守時，約好日期準時到達。梁教授自耳朵重聽後，平時言語不多，但每次開口皆幽默切題，如同他精彩傳世的小品文。糖尿病令他無法吃甜點，卻熱心爲大家切蛋糕，分蛋糕，他自己用指頭沾一點兒渣放進嘴裡：「嚐嚐」。梁教授一向生活起居很有規律，每天步行運動一小時，必走出汗才罷。飲食也有他自己節制的辦法，一天加起來熱量不過高，就行！所以那天他吃了不少餃子、喝雞湯，並不斷讚美餃子餡兒好，頻頻勸梁大嫂：「多吃！」

蓋仙夫婦老夫老妻，講的都是家常話。蓋仙娘娘夏大嫂文靜樸實，與她另一半談吐詼諧常說笑話迥然不同。回想起「雅舍」主人，與蓋仙鄉長兩對佳賓伉儷同時光臨，歡聚時光雖短暫，卻因次年梁教授便離開人間，而成爲永恆的回憶。重睹當天留影，感嘆懷念不已，珍惜不已！

接下來光臨舍下新居的，是文壇享有盛譽的何凡與林海音，兩位在文學上的成就及爲文化所做的貢獻；何凡鄉長創辦國語日報，嘉惠學童。海音大姐曾主編「聯副」，長達十年，發掘鼓勵了許多有爲的青年作家。又主持純文學出版，提供年輕人內容純良的讀物。更重要的是兩位文章都寫得好極了！這一對「絕配」，令人稱羨萬分。

小說寫得好，又會畫畫的王藍和夫人，與「絕配」何凡伉儷同天駕臨舍下。王藍和夫人其實也是「絕配」，兩人由青梅竹馬到伉儷情深。眞是夫唱（唱戲，王藍兄不但會畫國劇人物，也能唱）婦隨，行影不離。王大嫂篤信基督，王藍兄亦然！暢銷書《藍與黑》版稅，全部交王大嫂處理。王大嫂除奉獻教會外，還購買了一架鋼琴，給文友合唱團使用，支持她們練唱抗日歌曲。

海音姐送我一個紫色大花瓶，及湘綉椅墊子。王藍兄則抱來兩瓶子醋——道地北方味的醋。

秀亞大姐由她的小朋友，海音大姐二女兒夏祖麗陪同前來。祖麗甜美可愛，強將手下無弱兵，也寫得一手好文章。而對朋友熱呼勁、親切勁兒，更大有母風。加上秀亞阿姨一片童心未泯，所說所談，莫不充滿情趣。

我拿出保眞由瑞典帶回來的宜興茶壺，沏香片茶待客。北方人只曉得喝香片，其他有名的凍頂烏龍、鐵觀音，包種茶、什麼文山的、鹿谷的，再貴也喝不出好處來。秀亞大姐學貫中西，滿身書卷氣，和她的散文一般高雅自然，卻蘊涵著人生哲理。祖麗和她拿起海音大姐贈送的小靠墊說：上面有紫花兒啊！兩人就笑成一團。如今祖麗遠去澳洲，跟她親愛的丈夫、和兩個傑出的兒子，過著甜蜜的生活。國內親友莫不思念她。同時，秀亞大姐最近鬧腿疼，好一段日子沒相聚了，願上帝多多保佑祝福。祖麗早日返臺，秀亞大姐很快痊癒，大家再歡聚在一堂。

三毛捧著漂亮藝術的竹節盆景觀葉植物來，來的時候，恰巧瑞典女孩卜蒂在此。兩人又是中文，又是英文，交談甚歡。「天堂鳥」也是「青鳥」女詩人蓉子、《故鄉水》作者曉暉姊、「書僮」唐潤鈿、詩畫雙絕的龔書綿等諸位仁姐，和清秀出塵的樸月、夏藍、李潁、黃美惠、徐開塵、葉樹姍等小妹妹，都曾先後光臨舍下，蓬壁生輝無限光榮，謹此簡記為念。

師道依舊在

多兒去年沒考上研究所，今年又蒙吳文希教授召他回到吳教授研究室工作。我們做家長的，自是對吳教授愛護學生的心意，十分感激。因爲，多兒雖已臺大畢業，也服完兵役，他不願出國唸書，堅持要留在自己國家內。

留在國內可以陪伴爸媽當然好，我們非外國月亮圓的人家。但如今僅大學畢業不再深造，也無法在高普考、其他多種名目考下金榜題名，連個最起碼的公務員職位也得不到。我們的社會仍然以「考」爲先，儘管許多考很不合理。

多兒並不笨，不然他怎麼會考進臺大農學院第一志願，只是他最感不耐的就是「考」。若像他大哥二哥那樣，以成績單申請國外大學研究所，多簡單！他大哥二十七歲，比多兒現在還小就唸完博士了。他二哥像多兒這麼大，也唸完碩士，繼續在修博士學位，多兒卻仍在臺灣一再的考不上他想唸的研究所。年輕人光陰寶貴，讓我這個當媽的心中禁不住爲他焦急憂慮，因爲，年輕人資歷表上，最不能留白！

其實，去年多兒要離開吳教授研究室，吳教授曾再三挽留他。並勸他考本系研究所，還預言四年多兒便可得到博士學位。多兒不肯，白白浪費了一年！

吳教授是臺大植物病蟲害很有名的老師，他對待每一位學生都那麼關心，在今天師生情誼淡薄的社會，吳教授不但孜孜不倦的引領他的學生，從事自然科學研究，更以身作則鼓勵學生多運動，以鍛鍊體格。他自己不菸不酒，沒有一點不良嗜好，爲學生們建立起良好的身教。

今年九月，適逢吳教授五十歲華誕，他教過的學生由世界各地寄卡片、賀函和禮物，向老師拜壽。臺灣的學生們，更在臺大校友會餐廳，爲老師舉辦一場慶生會。慶生會前一日，吳教授才知道，欲阻止已來不及了。吳教授原不肯讓學生們爲他慶生花錢，他只希望凡他教過的學生個個有成就，他就安慰了。

慶生會那天，吳教授偕美麗賢慧的夫人，帶著他們可愛的小女兒來到會場，在一片「老師好」，和掌聲中，點燃了象徵圓滿、長壽、及學生們無數感恩和祝福大蛋糕上的蠟燭。並且唱起：「祝老師生日快樂」的頌歌，場面溫馨感人。

一年一度教師節又到了，僅寫數語表達一點祝賀佳節心意：「社會明日是掌握在好老師的手上」。而受學生們愛戴的，便是好老師！在此願祝每一位爲人師者身心健康！

佳節愉快！

愛我新鄰居

大學聯招放榜了！我們這棟公寓，唯一參加考試的女「烤」生，考取某私立大學外文系。在僧多粥少，考大學越來越難的今天，能順利的第一年便上榜，誠屬非易！何況，又是女孩子很感興趣的外文系。

女「烤」生姓呂，長得清清秀秀，十分文靜的少女。第一次見到她時，她還是將升高中的小國中學生，父母都是公務員，家中只有她和小弟兩個孩子。她的父母對公寓公益非常熱心，總是自動爲鄰居們服務。兩個孩子也乖巧有禮，每次在電梯或樓梯間遇見，必定向我打招呼，很有禮貌，看得出父母對孩子良好的教育。

「金榜題名」，是人生一大喜事，做爲上榜生樓上「鄰居媽媽」，我該贈送點什麼禮物，以表祝賀呢？從前我家壯丁考取學校，親友們大多贈以鋼筆、原子筆、相簿、手錶等等。如今物質豐裕，那個學生還稀罕筆？即使名牌的也不稀奇了。我和多兒書桌抽屜裡不都有幾盒對筆帶計時器的，筆中油墨已乾，電池也完了，還白放在那兒嗎？送錶吧？也是那句話，普通的不稀罕，名牌太貴，而仿製品又多又便宜，誰家孩子都有幾隻錶！

正爲送禮費心思，適巧收到漢藝色研出版社企劃編輯，許杏安小姐贈給我一本漂亮的禮品書。我想起詩書傳家久，四樓呂家芳鄰全家愛書，呂小妹正值青春年華，多讀點好的文學作品，可使她氣質更加優美。我在新書後頁，漢藝書目中，「細細挑選」。由於近年來文藝書籍，出版多且快，非得精挑細選。結果，我選中了一本雋永散文：《寂寞的滋味》，一本品味散文：《吻痕》，都是馬國光的書。筆名亮軒的馬國光是散文高手，散文寫得非常好，詞句不深不淺，正適合高中以上程度年輕人閱讀，呂小妹一定喜歡！

送禮其實有很大的學問，懂得送禮藝術的人，常常使受贈者歡喜不已。比如和我家同住五樓另一戶曾先生夫婦，搬進來時，才結婚不久，小倆口又年輕又漂亮。曾先生在自己投資的機構工作，曾太太在國中執教，兩人白手成家，買下這層公寓。樓上蓋達建時，曾先生很生氣的對我說，他和太太好不容易貸款，買到這棟樓裡外還滿意的房子。因爲看上這棟樓房僅六樓，雙拼才十二戶。地基打得牢是沒錯，但六樓設計平空加上一層，對房子不能沒影響！他說住進來是爲長久打算，將來生兒育女，孩子就要在這層公寓內長大，憑甚麼讓六樓侵佔其他鄰居的權益。對呀！我半安慰半附和著。跟他並肩向違損鄰居權益者抗議，相互道煩惱訴委曲。當他倆工作一天，疲倦歸來，有時，我正巧煮熟北方餃子等點心麵食，端一盤過去，小倆口高興得喜笑顏開！他倆若出遊，或返南部故鄉，請我照看門戶。有時他們買到好吃的土產，也會送一份給我們分享。前不久，他們添了小寶寶，好可愛的女娃娃，小天使一般誰見了都喜歡。小女娃兒聰慧活潑，正牙牙學語，帶給我們許多歡樂！

說起來很巧合，我們這棟樓內，除了曾先生一家三人，我家三壯丁僅餘一名在臺灣家中，全戶也是三人，其他八戶都是夫婦倆育子女各一：「兩個孩子恰恰好」家庭計畫，這些新鄰居們竟徹底實行了。

住在我家樓上的謝先生夫婦，待人和藹，是易於溝通型鄰居，不會給人有理說不清的困擾。舉凡公共設施出了毛病，像門鎖信箱問題，輪到謝先生任管理員時，他極熱心爲大家服務。兩名國中、國小就讀的孩子都很乖，從不吵鄰居。

另一位林姓夫婦倆都退休了，林先生早年服務軍界，林太太原是資深小學老師，跟他們的兩位大男孩同住。林先生曾辛苦的請工人，清洗儲水池、水塔。林太太又是位基督徒，深知愛鄰睦鄰之道。《聖經》上勸人要：「愛你的鄰居」。可能因爲交朋友尚可隨心選擇，鄰居是好是壞，全看機遇。現代人生活忙迫，屋少人多，鄰居處不好，別說效孟母三遷，一遷都難喲?

有人說交幾位好朋友,是送給自己的禮物。我覺得結幾家好鄰居,這禮物更珍貴。好鄰居是上帝的恩賜:遠親不如近鄰。鄰居、比鄰而居,水火相照,守望相助,是無價的珍寶咧!

一謝函一

三月十一日，週末晚上十點半的樣子，我正要洗澡，樓下有人按電鈴。這麼晚了，還會有誰來呢？對講機傳來一位女孩兒的聲音，急切的說：「你們三樓失火了啦！」

「失火啦！怎麼會？」

「我不知道，你們快點下來吧！」

瞧對講機映象是一位年輕的女孩，可能是一樓張先生的女兒。正在畫圖的喜樂聽說三樓失火，忙站起來插言叫我別多問了，趕緊出去。並說由樓梯下去，不可乘電梯！

慌忙間抓起鑰匙袋，連外衣也沒穿一件，就和喜樂跑出房門。樓梯間已經聞得出焦味，還不見煙及其他火災現象。到了樓下大門口，只見同公寓鄰居，多已扶老攜幼，倉皇跑了出來。小孩兒的臉上顯出驚怕，大人們的眼中都有：「怎麼回事？」的問號，和我一樣！

這原是一棟雙拼六層樓公寓，加上頂樓加蓋，該算爲七樓雙拼公寓才對。失火的正是位於右方五樓的舍下三樓。三樓此時全家外出，深鎖門戶。若不是對面軍營弟兄發覺，奮不顧身冒著鐵絲網刺身的危險，翻牆過來通知樓下，又代打電話給一一九報警，全棟樓住戶恐怕還不知道三樓發生火災了呢！再晚一點，火勢燃大濃煙勢必瀰漫樓梯，我們樓上幾家想跑出來，就不大容易了！

兩部亮著紅燈的救火車開到了，但因巷口停滿車輛，雲梯載不進來。一位長官級模樣的軍人，指揮兩名弟兄回營擡梯子。嘈雜的人聲七嘴八舌叫快點！仰頭看三樓客廳紅光更大，救火隊員由樓梯上去無法打破大鐵門，在群眾著急聲中，終於自四樓陽臺爬吊下兩位消防員，進入三樓將火撲滅。我心中暗暗感謝上帝，全樓住戶也都鬆了一口氣。後來才知道導火因起於玻璃電熱水壺，三樓一家人，可能正燒開水，臨時有事出去忘記拔下插頭。時間久了，玻璃壺水燒乾破裂，引燃座盤、茶几等家具因而起火！水火無情，不可不愼矣！

第二天早上，公寓樓下佈告欄貼出三樓戶長先生寫的啟事，紅紙黑字：

「此次寒舍意外事件，讓各位飽受驚嚇，敝人深感內疚！承蒙各位好鄰居守望相助，非常感激！千言萬語對此事件，只有說聲『對不起！』」

誰都免不了有疏忽的時候，鄰居水火相照是本份，用不著致謝道歉。倒是該向對面發現三樓起火，趕來報警的國軍弟兄們，致誠摯的感謝！我在這兒，代表全棟住戶由衷的說聲：「謝謝！」

謝謝您們報警果斷，發揮軍愛民精神。謝謝您們平時保國衛民操練辛苦，仍能於深夜該休息的時間，不辭勞累爲救助鄰居奔走。三年前我家遷來這條短巷，最感欣慰的就是與您們爲鄰。謝謝您們讓我常常聆聽雄壯的軍歌，凌晨破曉嘹亮的起床號，使我振奮。我在您們奮發操練聲中做家務，分外有勁！站在客廳陽臺上，我每日與您們一同升旗。看美麗的青天白日滿地紅大國旗，在晨曦中冉冉升起，我的內心充滿歡喜！而從早到晚，迎風招展的美麗旗幟，總在我視線之內，我是多麼幸運！

晚間睡前，聽著您們在窗外唱：「我愛中華，我愛中華……」而入睡，做夢也香甜。您們的歌聲，總是引我回到童年，守在陸軍將領父親身邊；總是引我想起青春年少，擁有一名空軍、一名海軍弟弟的日子；更引我回味我的三個男孩兒一身戎裝，服兵役的時候。我彷彿看見老大保健身著少尉軍官制服，指揮一支軍中冠軍合唱團的情景，那畫面曾出現在電視螢光幕上。又在心底，出現老二保貞擡頭挺胸向母親行軍禮告別說：「再見了老媽，您們的兒子去當兵保衛您們去咧！」

至於老三保康，目前他仍在龍虎部隊，以做一名守土衛國的士兵爲榮。每次他放假回家，母親最愛聽的就是他們的隊歌：

「青年從軍日寇降，金門揚威匪膽喪……」

有幸做國軍部隊的鄰居，這是多難能可貴的機遇！我們全家因您們的朝氣，及嚴明的紀律、良好的生活規範而得到無限啟示。每當我看見您們穿著不同款式、不同顏色軍裝，從身邊經過時，都感到如手足般親切，您們知道嗎？我的內心總在說一句：

「親愛的國軍芳鄰弟兄們，謝謝！多謝啊！」

家後的花店

新居後面，不到一百五十公尺，就有三家花店。正確的說，該算園藝盆景花市。因這三家一排以鐵絲網，塑膠布塑膠瓦搭蓋成各自花店，不單賣花，凡是裝飾用的熱帶植物、盆景，甚至花器都有。

三家都是年輕人在經營，兩家是約莫二十多歲的青年男生，另一家是兩位女孩子。我跟其中兩位男生經營的花店買過幾次花，和盆景、小樹苗等，還沒照顧過女孩子主持的花店。倒不是重男輕女，而是兩位男生的規模較大，種類多，女生那間偏重插花材料。

由於花店位於芳和超市側門，新建的芳和市場等於我家芳鄰，又接連綠榕環繞的嘉興小公園，每天有事沒事，我都會去走幾趟。久而久之，和花店老板變成了朋友，他們常常傳授我一些養花秘訣，爲我解說那一種植物喜歡太陽，那一種植物不宜澆太多水，又那一種植物需要重肥。

我常宣稱如果我有錢開店，不是開書店，便是開花店！如今竟在不知不覺中達到了，雖然這三家花店產權不歸我所有，但近在咫尺隨時可以過去觀賞，不等於自家的一樣？還省去親自整理照料之煩呢！無論晴雨早晚，只要我高興，便可走到滿眼鮮綠，夾著不同姿態，不同品種的姹紫嫣紅、鵝黃粉黛的花朵。那一盆盆盛開如火的杜鵑花，那挺拔簡潔的鬱金香、花瓣兒輪狀，綻出紅紫、藍紫的瓜葉菊，又名「藍水手」的小花最親切。我去瑞典看保眞的時候，保眞擺在旅舍父母下榻客房，「歡迎爸媽來瑞典」就是這種小紫花兒！看見花，就像看見兒子的笑臉！

不止花可愛，就是那一盆盆培植得滴下綠汁的翠玲瓏、嬰兒淚、長春藤，同樣令人心喜！不管怎樣簡陋的房子，擺上幾棵綠色植物，便顯得富有尊貴得多！如果再有一株散發典雅清芬的香花，整個屋子更因此變得溫馨可愛，氣氛也更像家啦！

今天，我拿著兩片枯黃的玉蘭及桂花葉子，去給花店年輕老板看，我說我的臺大植病系畢業的小兒子，都說不出爲什麼葉子會枯焦！他聽了將眼睛睜了好大，驚訝得不得了。其實學校書本上，永遠比不上實際經驗有用啊！

家後市集

遷來新居不久，每日午後四點過，我開始進入廚房收拾，準備晚餐的時候，耳畔總感覺後巷傳來小販吆喝聲。開始音量不大，隨著時間漸漸增加，黃昏日暮掌燈時分一到，後巷便人聲鼎沸起來！

後頭巷子在做什麼呢？白天我打那兒走過，不是一條車稀人少，安靜的住宅區嗎？這嘈雜聲音難道不是在後頭巷子？說也奇怪，雖然同於臺北市，而且同一區域，舊居和新居所聽見的市聲，竟然有如此大的差別！

舊居因爲面臨小街馬路，無紅綠燈，由凌晨至深夜不斷車聲。新居沾光與軍營及學校爲鄰，原只歌聲書聲怡人宜人，但黃昏時，廟會般喧嚷從何而來？

有一天，約莫下午四點多的光景。我出街購物返來，無意間早一站下車，得穿過一條長街，繞後巷回家。臨近巷口，我見一賣水果的小販車上，堆著些黃橙橙的大楊桃，紅豔豔的甜橘柑。不禁停下腳步，順手揀了一些交給小販。小販稱好將水果袋交給我手上，我沒零錢付款給他一張千元大鈔。正待他找錢時，突然像發生什麼災難，又似追兵來了似的，就急忙推起自己水果車子，朝對街巷子逃避，也顧不得找錢給我了。我只好也跟著他後面跑。一時間，發現對面就是家後頭那條巷子，竟然有一群各式各樣的小販，紛紛收起自己的貨攤四下躲藏！

我才明白，原來每日黃昏噪音製造者，就是這群小販！他們是違法營業，在都市裡不是市場規定地，任意擺設攤子售物，擾亂住宅區安寧，還造成髒亂有礙衛生，又妨礙交通，所以警員要來取締他們。

然而，取締歸取締，警員來，小販跑，警員一走，他們立即恢復營業。雖然是每日有個一兩次跟警員玩官兵捉強盜，有時跑慢了被開罰單，這些臨時攤販還是堅持做生意。反正大多數貨物都是早上沒賣完的，減價銷售利用家庭主婦貪小便宜心理，也很好賺錢。

我本想以拒買抵制家後違規市場，卻忍不住好奇與看熱鬧心理，去瞧瞧逛逛。日子久了每天到了下午，後巷人聲越來越多的時候，我就下樓開門去後巷轉一圈。嘩！還眞週全呢。舉凡蔬菜水果，日用百貨，雞鴨魚肉生活所需應有盡有。

我至一輛鮮花車畔，欣賞那滿車子姹紫嫣紅的繽紛。野薑花放出濃郁的芳香，好幾種記不清名字的小紫花兒，在滿天星似霧似雲陪襯下微笑。我挑了兩朵粉紫色康乃馨，小販自動加給我幾枝滿天星，僅二十元我的小花瓶就有花可插，有美可供啦！

再過去，是幾處成衣攤。大人孩子的內衣、內褲、女人胸罩、洋裝、長褲、運動服等等，花樣繁多。價錢當然比百貨公司、正式服裝店便宜，可是價廉不見得物美，甚至有的高級點的女裝，還比服裝店打折時貴咧！若像我，見好些人圍著一處地攤，在亂七八糟衣堆中抓來抓去，我也抓出一件紫色圓領衫，花了五十元買回來當內衣，就很划算。

小擺設、皮雕製品的攤子，也很吸引人。價錢總較百貨公司便宜三分之一，但得十分小心挑選，免得貪賤買了有破損的上當貨！特別是以日本、韓國貨爲號召的攤子，仿冒品很多！

往前走，就感到陣陣食物的焦香味兒，在鬧哄哄的人群中流蕩。那是現炒肉鬆、現烤香腸肉干、以及烤鴨、叉燒店鋪，混合賣蔥油餅的。這時已經快六點了，正是孩子放學，先生下班的時刻。主婦們紛紛購買一些熟食，回家加菜當點心，這些熟食店生意興隆是必然的！

等到青菜分堆擺出來，水果吆喝減價拋售的聲音此起彼落，就是黃昏市場最鼎盛的時段。精明而有閒的購物者，專揀此時光臨市場，的確可省下不少錢，而買到的蔬果又比白天多，但就不敢保證一定新鮮了。

天幕漸漸黑暗，市集也結束了，留下的是滿地垃圾，魚腥汚水遍地，再怎麼告誡，攤販們永遠改不了自私觀念，反正明天不一定還在此地，反正沒人看見，我幹嘛清理？讓清潔隊員去累倒楣活該！

唉！要快團結所有消費者，拒買這些違規攤販東西。並支持社區裡清潔衛生、合法的商店、超級市場，這是每一位好國民的責任呀！您說是嗎？

違建風波

搬家最大的理由爲什麼？是嫌舊居環境太吵了！所謂「吵」，即指噪音。因爲舊居在不幸與基隆路平行的一條街上，無紅綠燈，由黎明至深宵，各式車輛發出各種噪音，常常吵得人坐立不安！所以，當我行經新居這條安靜的短巷，看到一幢始建竣工，簡單樸素雙拼六樓住宅房子時，便被其寧靜氣氛吸引住啦！不惜花費舊屋三倍價款，並受搬家勞累麻煩，遷進了新房。

搬家麻煩，勞命傷財早已深知。卻連做夢都沒想到，更大的麻煩，還在後頭！那就是超過車輛噪音千倍萬倍，屋頂違建之苦！

若問屋頂違建，干你何事？

干我的事可大咧！首先六樓雙拼住宅，大門與樓梯、電梯都是公用。一家有工人動工，九家跟著不安。另兩戶因係一樓獨立門戶，干擾還少，但亦遭拆屋興工雜亂、噪音波及。何況六樓違建的七樓頂，按規矩同爲五至二樓所公用者，六樓興工變成獨佔，能不干我事嗎？我雖比六樓低了一樓，不能連所有權也低了吧？

用不用屋頂乘涼看風景，還不關緊要。要緊的是，六樓想在七樓違建，不早施工，非得等房子完工交屋後，他們自己先不遷進來，可不管其他住戶是否已遷進來了？便又拆又蓋，讓新鄰居飽受干擾，噪音大過於任何車輛之害！

想想，爲了兩處六樓違建，將近有一年之久不得安寧，是否無妄之災？再說，房子結構原爲六樓設計的，蓋好後平白又加上一層，能一點兒也不受影響嗎？而明明漂亮的新電梯，經工人運砂石磚塊，木材工具，上上下下頻繁能不弄髒受損嗎？又工人進出終日不關大門，安全可慮！大門口樓梯間更是泥水垃圾，既髒且亂！想想，這是一座新居呀，已然完工交屋整潔嶄新的住宅，該如此不堪嗎!?

新房不同一般大厦，全棟僅十二戶，但遷入日期自有先後。先遷進的，當然不喜歡好容易搬了新家，結果等於住在工地裡！

說住在工地，絕非誇張形容其詞。當初新房各戶戶長們相見時，兩位六樓戶主很客氣的說：「我們在頂樓要加蓋一點點，買最高層比較貴，不加蓋划不來！」

大家都以爲他們加蓋一點點，最多用石棉瓦，鐵架搭個涼棚什麼的，因爲頂樓靠水塔，電梯機器間，兩邊原來就各有一小間房子，再搭個棚子正好做個小書房之類使用。沒想到他們竟鋼筋水泥，正式興建起房子來了。大型起重車，以超音貝的噪音向上吊鋼筋、水泥工敲磚、電鑽穿牆、木工鋸板聲直刺神經，原來建造得十分堅固的屋頂，爲了設室內樓梯被打穿，那種天崩地裂的大震動、大巨響，能不被逼瘋已屬萬幸！而兩家動工時間還不一致，分批吵人，一拖就是兩三個月。向他們好言抗議，沒有用！問他們既要多幾間房子，爲什麼不買大一些坪數多的房子？又爲什麼不趁新房沒完工，交屋前先加蓋好呢？答曰：「都是這個樣子的！」

是嗎？都是偷法律漏洞，明知是違建，別人犯法你也犯法嗎？我拼命忍耐，一直告訴自己要愛你的新鄰居，爲他們禱告！然而，還是有一天建管處調查來了。先經交涉，強制拆除，又再一次天崩地裂！倒楣的還是我們這家先住進來的鄰居，得一再忍受無辜噪音的罪！犯法者頂多損失點錢財，我們卻損失無法估計的精神不安。

您以爲拆了就算了嗎？才不對呢！過不多久，又蓋起來了！反正拆拆蓋蓋，官兵捉強盜。官方還是公事公辦，沒人告發裝看不見也罷！就這樣馬拉松似的，扯了快一年始告平復。

基於遠親不如近鄰，朋友可以選擇，鄰居無法效孟母三遷。也只好寬容他們佔大家地基便宜，多一層不上房捐地稅，唯求和睦相處，和氣比鄰而居！而我由這件事領悟到人性自私，大多是多爲自己打算，少替別人設想。故耶穌基督才一直吩咐：「要愛你的鄰居！你願意別人怎樣待你，你便怎樣待人！」

—減肥熱—

到郵局劃撥儲金窗口，取稿費，排成一條長長的隊伍。這是平時業務並不繁忙的小支局，不解為何最近總是有好些人排隊劃撥？啊！原來是抽股票的，我再次明白，臺灣正股票熱！

排隊等候的時候，無意間瞄了一眼前面小姐手上的劃撥單子，購買什麼減肥器的，八百多元的樣子。我又想到，臺灣正減肥熱！

減肥熱！一點兒也不假。您不見走到街上，隨時展現眼前的市招：「三溫暖，減肥中心」嗎？我去忠孝東路鬧區一間大樓辦事，那兒有一家美容諮詢公司，打著招牌以國外引進的什麼機器，可以幫助女人肌膚重現青春，告別肥胖，美腿再現。又有什麼緊縮衣，讓妳腰部苗條。解脂機，淋巴按摩，促進淋巴管分解脂肪……。

一大堆新名詞，新花樣，利用現代人懼肥心理，大賺其錢。女士們明知道是敲竹槓，去一次貴得嚇人，亂七八糟的讓服務人員這裡揉，那裡搓，又洗澡又蒸氣，出了好多汗，折騰了大半天，站在磅上看看，是比進來的時候輕了一兩磅，過不多久，照樣胖回來啦！減肥業者說要有恆心，要持久，要常常光臨他們店裡。不信您看，這裡服務小姐那一位不是苗條身材，青春美麗？

減肥！減肥！肚子飽的時候好立志，餓得發慌手腳軟了，還減肥嗎？現代人眞可憐，吃這也怕胖，吃那也怕胖。總是不懂，以前怎麼沒聽說有人怕胖？甚至對胖敦敦笑呵呵的人，還覺得滿親切呢？胖子脾氣好，廟子裡大胖子彌勒佛不是笑得挺可愛。以前，很多人還認爲女人不可太瘦，瘦了臉上有皺紋，容易顯老，爲了皮膚滋潤，要吃點豬油。可惜現代醫學證明，胖子百病叢生，身體過重會中風，會得糖尿病、心臟病、高血壓等等，可是胖不得呀！

要控制體重眞的非得勒緊褲帶，成天挨餓嗎？針灸好嗎？瑜珈術有效嗎？韻律操行不行？都好、都行、都有效，但也都沒有效。問題是肥胖不是一日造成的，生活習慣，飲食習慣，都有密切的關係！要減肥必須先改一改，從前咱們認爲心寬體胖，事實上，身閒才體胖呢？忙一點，多做點事，讓自己沒時間吃零食，正餐飽了就好，別過量，慢慢的就會瘦下來！

燕瘦環肥各具美

——真正的美　在於氣質與內涵

一家電臺「美的人生」節目，免費爲家庭主婦，做一次健康檢查，找上了我。

電話裡那位邀請小姐很客氣，很禮貌的說希望我接受他們的服務。知道檢查項目，不過是量體重、血壓、驗尿酸、肝功能等等。檢查地點，又恰好在我要去辦事的仁愛路四段，就欣然允諾下來。約定好日期，我準時前往，按著通知上的門牌號碼，到了檢查所在地，發現是一家營養諮詢公司。

接待我的三位妙齡小姐，都是身材苗條，穿著大方時髦，言語親切的女孩子。爲我量身高體重的好像是護士，抽血的是檢驗人員，最後坐下來面對面談話的，則是一位由大學食品營養系畢業的：「營養師」。問了我飲食習慣後，覺得我平常愛吃的東西，和她開的菜單大致相同，只是對我喜歡吃蛋，有時每天不止吃一個，表示反對！她說以目前身高來說，我的體重超過兩公斤半，希望我注意一下，並建議我今後不吃糖。她取出一種無「糖」的甜粉給我看，說平時出門裝幾包在手袋中，遇見需要放糖的飲料，就用這種甜粉代替。

老實說，我早知道那種甜粉是給糖尿病人用的，我沒得糖尿病，幹麼禁止吃糖？但爲了領她們招待我免費驗血、檢查身體的情，我帶了兩盒糖的代替品回家。後來，我才明白，所謂：營養諮詢公司，也就是目前最流行的減肥中心一類的機構。

「懼肥症」的確逐漸進入到很多家庭，原因是，現代人生活水準高，不僅日常伙食吃得太好，太精緻，又經常上館子，應酬宴客機會也多。這也是社會富裕，人情味足的現象。但我覺得只要注意一下別吃得太多，不必成天神神經經的這也不敢吃，那也不敢碰。究竟人活在世界上，不是爲挨餓來的！

有好多女孩子，因爲愛美怕胖，幾乎終日處在半饑餓狀態。又不敢吃所有含澱粉質的食品，只吃青菜，若不化妝眞是：「面有菜色」。確實只要瘦就好看就是美嗎？古時有名的兩大美人趙飛燕嬌小玲瓏，身輕可做掌上舞。她一定不長壽！而楊玉環豐滿漂亮，可惜命苦。胖瘦並不影響一個人的氣質，眞正的美是有內涵。重兩公斤有什麼關係！

求醫者的心聲

生平最不喜看病，看病求醫必須到醫院。私人醫院缺點甚多，看病就到正規醫院是我的原則。但正規醫院有公保、勞保等設施，每日求醫人數眾多，看一次病得大早排隊掛號、候診、取藥，至少耗上半天時間，若再需要抽血或作各種檢驗，所需時間就更長了！而醫院那種地方，所見的無非是一張張病苦的臉，去多了沒病也會變成有病。所以，我一向秉持少上醫院的原則。而且我十分同意一位朋友的至理名言，他說：「人生有兩個地方要避免涉足，一是法院，一是醫院。」他說到這兩院的人，身心都將遭遇傷害！

他說的「法院」當然僅指訴訟打官司而言，上醫院花錢受罪心卻奈何！因為再堅強的人，一旦有了病痛——好漢就怕病來磨！也不得不低聲下氣去醫院求醫。最近我就是在這種情形之下，跑了幾次醫院，感觸萬千！

我去的是臺北市頗負盛名的一家教學醫院，按我的身分該去榮總，去榮總費用上可有點優待，因爲我啥保也沒有，在普通醫院看一次病得花不少銀子。只是榮總太遠了，來往費時，就選了近一點醫院。難得有病，給醫院送點錢還心疼？

先是檢查眼睛，這一雙替我服務近六十年的明眸，遠在一年前就開始鬧情緒。最近更容易疲倦，重配老花眼鏡後稍稍好一點，但不久就變本加厲，疲倦加上痠痛，連帶的發生耳鳴頭痛，而且由早晨便開始了。去眼科門診一切正常，雖然折騰了一番，知道百分之七十腦子裡沒長東西（侯平康大夫云），又爲自己神經質好笑一場，總算解除心頭疑慮，歡歡喜喜的拿了眼藥水，離開醫院時心想從此不到此處來才好！

豈知事與願違，過不多久，我的寶貝脖子又痛了起來，先由肩部痛到下巴，喉嚨當然也不舒服。起先只有右邊，漸漸左邊也痛了。來勢洶洶，脖子以上的耳朵、眼睛，都受影響不說，整個口腔彷彿著了火一般。奇怪的是，扁桃腺並未發炎。若是保眞尚未回來，我仍會忍著，不到最後關頭不上醫院。奈何身邊有個想表示孝心的兒子，大早就跑到醫院排隊掛號，老媽能忍心不去嗎？何況我的脖子還眞難受呢！連看兩次耳鼻喉門診，除了發現有點發燒，驗血結果白血球一萬多點，並不太高，同時由口腔檢查並未發現異狀。兩次檢查都是一位黃姓的年輕大夫，非常熱心，但由於他是實習大夫，開給我們的抗生素等藥物，服用後沒見大效，第三次我們就要求主治醫師診查。由掛牌處得到一位林醫師大名，憶起保眞摯友小赫臺大醫學院同學也有一位叫林××的，遂要求林醫師診治。保眞給我掛到二診九號，等了一個多小時輪到我看，護士小姐云林醫生走開了，不知去向。保眞說他不是今天掛牌門診的主治醫師嗎？怎麼還沒下班就走了？護士小姐說沒走，等一下會回來，你們先在外面等，林醫生回來叫你們。乖乖的在外邊等了四十分鐘，太久了又進門診處詢問，原來林醫師已經回來了，但關在一間「醫生商討病情」屋子裡趕寫報告。報告是門診時間該寫的嗎？林醫生說是急著交的工作，吩咐我等。這一等，就等到十一點多，中間有一位老醫生進去和林醫生吸菸聊天。我覺得自己太可憐了，為了看病如此忍氣吞聲。想想我們國家培植一位醫科畢業生，七年要花多少錢？不都是咱們納稅人的錢嗎？現在他畢業了，又當上主治醫師，早已看不起醫院給他數萬元薪金，一心嚮往自己開業賺大錢，所以才視門診病人而不值一顧。等他自己開設：「林耳鼻喉科」診所，我再去看病，自會蒙受熱忱的接待！

我和保眞憤然離開這家教學醫院，白花了掛號費，又空耗了一上午。所幸我得的不是要命的病，不看也罷！

但是，以一個求醫者的心聲，還是祈望醫院中，能有仁心仁術好心腸的醫生，來關心病人，造福病患同胞才好啊！

温情傳簡書

常常感謝造物者，賜給我髮慢白、齒慢壞的大恩典，雖然年已老大，但與同齡甚至年紀小很多的人比起來，我不知髮白難看，牙痛難受，乃人生兩大煩惱！

過去，每聽朋友訴說牙病，並不了解其痛苦滋味。母親在世總說：「牙疼不是病，疼起來要人命！」還覺得她老人家誇張。最近，我終於知道牙疼要命了。在一個多月前，我左下方牙縫進水刺痛，痛得下巴顫抖，合不上口！我趕快跑到住家附近牙醫診所求治。明知私人小牙醫診所，衛生不如大醫院可靠，只爲了圖個近便省時，醫生熟，收費也不太貴。

經過檢查，左下方牙床沒病，亦無蛀牙。右下邊倒是一顆大牙有小洞，是以前補過的牙，補的東西脫落了。醫生建議洗牙，並重新挖深老牙洞，成爲裡大外小形狀，塡以銀粉。補後次日，左邊牙縫進水疼痛未消，連右下邊也一起痛了起來！再去看牙醫，據說可能毛病出在右下最後一顆老牙，俗名「智齒」那顆，最好拔掉！反正這顆牙早已老而無用，說拔就拔啦！拔過後，疼痛加劇，到了晚上半邊臉都在痛了，痛得飯也不敢吃。吃了好多止痛消炎藥，勉強入睡。第二天大早，又跑到牙醫診所。這次他說可能補的牙沒抽神經，所以才痛。將補的東西挖出來，整顆牙已經活動了，只好又拔掉！

我心中眞是難受，原先只是左下牙縫進水痛，才來牙醫診所求治的，結果竟將本來一點兒也不痛的右邊，白白拔掉兩顆大牙！然後再鑲補三顆瓷牙。經過這番折磨，花錢受罪又加上爲牙惶恐，成天憂心忡忡不知如何是好。難道眞如牙醫所說，我的牙疼是牙床萎縮所致嗎？他說：人老了，牙床都會萎縮！怎麼會呢？這其間，也到過兩處公立醫院牙科門診。實習大夫、主治醫生，均未解除我對牙疼的憂慮。這時，我無意間讀到某大私立醫院，寄贈的資訊。其中：「牙醫信箱」爲讀者解答口腔衛生方面的問題。遂將自己面臨牙齒病痛情形，寫清楚，按扯寄了出去。我以爲下一期《醫訊》中，可能看見解答。意外的，竟在我信寄出不久，收到該院牙周病科主任，親自寫來的回信。在信中，他先親切的地告訴我，他不是同名的漫畫家，但他也喜歡看那位畫家的漫畫。他說：「我們偶爾也會碰到類似您牙齒問題的病例；也就是在臨床與X光檢查後，發現牙齒與牙周無明顯的病變。但牙齒感覺痠疼或不適。這類病例在診斷上的確令牙醫師們十分頭痛，有些症狀則不一定是牙齒本身的病變所造成的。這時就必須一面觀察，一面追踪病情的變化而做診斷。

根據您的描述：牙縫疼痛，進水更痛，原因可能有下列幾點：

一、蛀牙、牙周病、牙頸部的磨損或腐蝕，當然這些問題大部分都能從臨床及X光檢查中診斷出來。

二、牙冠或牙根龜裂：在牙齒龜裂初期，裂痕很細，症狀不明顯。無論牙齒本身或X光檢查，都不易發現。等症狀較典型明顯後才可診斷出來。

三、非牙齒或牙周的病變：如神經痛，或反射性疼痛等。如果您牙痛起來明顯且厲害，建議您來本院檢查。若是牙齒的病變，當可對症治療。如或確定非牙齒本身之問題，也可及早尋出其他病因，來解除您的痛苦，您以為是嗎？耑此敬覆，並祝平安！

信中還附有這位牙周病科主任自己名片，且在名片後方週到的註明門診時間。又叮嚀：如有勞保，請帶勞保名單、身分證。

寫文章投稿以來，常收到素昧平生讀者來函。但在日益繁忙工商社會中，身為大教學醫院牙周病科主任，願意在公務之外，為一名不相干的牙疼病患，耐心的寫那樣一封語言詳細親切的信，多麼難得？故使我深深感動。

我當然去拜訪過他，也檢查過了。大醫院設備完善，人手多，消毒乾淨，而且又不比私人小診所收費高！

我的牙早已不痛了，感謝上帝！也感謝這位熱心的好牙醫。

——請勿吸菸——

自從醫學界宣佈「二手菸」，危害人體健康不下於一手菸，社會上熱心人士紛紛發起拒菸運動。舍下全家及近親都不會吸菸，好朋友們吸菸的也不多，除了公共場合外，新居電梯是唯一二手菸存在的地方。

電梯是一個方盒子，不通風。雖然裝設頂端抽風機，仍然不能將方盒子裡，癮君子噴吐的二手菸很快排出去。所以，各種電梯內牆上，均在註明使用方法，載重量的同時，必定以很醒目的字體標示：「請勿吸菸」，或者如舍下新居電梯內註明的：「禁菸」！

我看中這棟新居，電梯漂亮也是因素之一。雙拼六樓住宅，電梯爲十戶共用。按說裝六人載重電梯就行了。很多雙拼七層大厦，電梯都只六人載重。我們這新居建築商眞的很好，不單選用建材堅固可靠，施工認眞，連電梯也大大方方裝了個載重八人大的。電梯的壓克力透明天花板燈光柔和，迎面半牆大鏡子照人不醜不俊，不哈哈鏡，正好照出本來面目。淡綠色牆配綠花紋塑膠地磚，滿雅緻的。我對電梯滿意的程度，超過新屋本身。

然而，再漂亮，再高雅的電梯，變得烏煙瘴氣，菸蒂滿地，終歸陷於髒亂。髒亂來到，再高級的房子也打了折扣。因爲：「髒亂是落後的標幟、疾病的根源。」我曾將這兩句話貼在公寓門內，住戶公約旁，住戶公約明文規定：請勿在電梯內吸菸！可是常常走進電梯，那股前人留下嗆人的二手菸，直叫你無法呼吸！

住久了，誰家吸菸，誰家不吸菸，大都曉得了。有時與手夾紙菸芳鄰相遇在電梯內，他們也有點難爲情，故意將夾菸的手背在身後。他們知道我和另外兩家鄰居反對二手菸，並在電梯門上貼著禁菸宣傳貼紙。公用佈告欄內也一再拜託：請勿吸菸——勿在電梯內吸菸，勿丟棄菸蒂於公寓樓梯間，及大門內外地下等等。

其實，我們並不是故意爲難愛吸菸的朋友，只不過基於個人維護健康，及公共整潔才勸告勿吸菸的。近兩年，連續傳來朋友患肺癌，及朋友老妻多年受丈夫及家人二手菸影響，死於肺癌、肺氣腫者頻傳。勸人勿吸菸，少抽幾根菸，揹著讓朋友討厭，鄰居不喜歡的後果，用愛心說誠實話，豈不也包含對鄰居朋友們一份關愛？

記得小時候，父親每天早晨醒來，總是先吸一根菸才起床。我在隔壁另一間屋子裡，聞到淡淡的菸味兒，就知道爸爸快起來啦！母親經常叨嘮爸爸不該抽太多菸。那時候，人們還不知道吸菸有害，也沒聽過二手菸的名詞。甚至有人還認爲吸菸和喝茶一樣，可以提神，可以解悶呢！

母親反對父親抽太多菸的理由，是父親的牙齒、手指，都被菸燻黃燻黑了。衣服上也全是難聞的菸油味。而且，由於父親習慣吸上好牌子的紙菸，多半是外國貨，花錢太多太浪費了。但那個時候，我實在不覺得爸爸吸菸有什麼不好，尤其是爸爸偶然用菸斗吸呂宋來的雪茄菸時，那味兒好香，爸爸叨著菸斗的姿態很富男性美哪！

自從抗日勝利，爸爸先行返鄉一去無音訊，我的生活圈子內，再沒人吸菸了。長達半世紀家中無菸缸、無菸灰、當然也無二手菸了。母親病故並不因她肺部陰影，父親卻眞正死於肺癌！亂離數十年，臺海兩岸互通音訊後，大陸僅存的近親傳來的消息。對父親病中，仍不肯戒菸，姊夫信上說得甚詳。可能每位癮君子，都有過紙菸是他們生命中不可少，不可離之恩物的經驗，我非癮君子不曉得菸之重要，重要得有些人寧可爲它捨命！

有一次，我向一位青年文友宣傳吸菸的害處。我說你看過電影、電視上吸菸人的肺嗎？這位青年文友文章寫得極好，人也和氣。他回答：「怎麼樣？不吸菸的人肺是紅的吸菸者是黑的？黑的怎麼樣？會快死！那怎麼辦，不吸菸我馬上就會死！」

我還有什麼話說，人家寧可死也要吸菸。他並沒想到，你有吸菸的自由，別人也有拒吸你二手菸的自由。影星孫越說得好：尊重他人的方法很多，不吸菸是最直接的表現。至少，不在公共場合吸菸，更不可在住家電梯內吸菸，您說是嗎？

誰拒二手菸？

號稱世界上最大的拒菸標幟，一個紅色的熱氣球，載著斗大的白字：「拒菸運動起飛！」於國父紀念館前廣場裊裊升空了。氣球上端，正畫著一根用黑槓刪掉的白色菸捲兒。

那是七十六年六月一日，臺灣拒菸月。國父紀念館前聚集了許多民眾，百餘名義工散發拒菸宣傳小册子及貼紙給圍觀的民眾們。同時舉行不吸二手菸簽名，大家反應熱烈，且高聲歡呼：「拒菸就從今日開始！」

拒菸其實不止於七十六年六月一日開始，至少早在兩年多以前，就有關心國民健康的機構，倡導：「不點一手菸，拒吸二手菸」了。報章雜誌也經常有文章，宣傳吸菸的害處，鼓吹反對二手菸。拒菸不僅是一個熱門的話題，應該是在每位同胞生活中以身力行的才對。因爲無論老少，在今天都該曉得吸菸是有害無益，害人害己的行爲！爲什麼只是高喊一陣口號，現實社會裡卻仍然是吸者自吸，想拒二手菸仍然是一個難以實現的「希望」？

清晨，我和多兒去附近社區小公園打羽毛球，雖只是一個小小的公園，卻也花木扶疏，鳥雀歡唱，小橋池水，滿眼翠綠。唯一缺少的是早晨公園的清新空氣，因爲就在孩子們遊戲的滑梯旁，一群菸客坐在那兒吞雲吐霧，邊聊天，邊將二手菸噴向園內早晨運動及遊玩的大人小孩兒們。

我去市場買菜，賣魚的老闆口裡永遠叼根菸，賣肉的更是邊抽菸，邊替顧客絞肉，菸灰掉進肉末裡也沒人說話。水果攤的老闆，菸捲從未離開過他的嘴，我站在逆風處挑柳丁，他噴出的二手菸仍然飄進我鼻孔，我只好少買幾個快快付錢離去！

提著大袋子菜蔬重物回家，捨電梯而爬樓梯，爲了不吸電梯內沒公德心鄰居留下的二手菸。我常被嗆得不敢呼吸，憋得難受，不如爬樓梯受點累，強過吸二手菸！

走在街上，排隊等車，我必須以大手帕掩鼻，因爲癮君子們隨時隨地在噴二手菸！公車內、郵局、銀行、候車候機室等公共場所，甚至醫院候診大廳裡，想不吸二手菸也是作夢，雖然這些地方都掛有：「請勿吸菸」，甚至有：「禁菸，違者重罰」的牌示，誰肯遵守呢？

飯店櫃檯內，高坐叼著菸捲的掌櫃，而且冷氣開放，窗門緊閉，還敢進去麼？電影院開映前，播音員一再聲明：「爲保持場內新鮮空氣，請勿吸菸！」銀幕兩旁亮著紅字：「場內吸菸人人討厭！」吸者照吸，沒半個人起來干涉！

開會時，聚餐時，遇見菸客爲鄰，眼見他一根連一根，上一道菜點一支菸，瞬間菸灰缸便裝滿了菸蒂，你也不能勸他。吸菸不犯法，他有自由！你有不吸二手菸的自由嗎？那是你的事兒，他更有吸菸的自由！

我們是一個吸菸的社會，撇開以上種種情形不講，老師在課堂上，父親在家庭裡，總是大模大樣吸菸給學生，給兒女做榜樣！所以，吸菸行爲必定一代又一代傳播下去！不管醫學界已證明菸毒是多麼可怕的殺手，二手菸又多麼危害健康，吸菸的誘惑大過一切。何況，都說吸菸不好，公共場合內，你見過誰拒菸嗎？得罪人的事，只有像我這種傻瓜才做！才勸人別吸菸！

我是勸過公園耍劍舞的老先生別抽菸，說他既然來運動，爲了保持身體健康，就別抽菸妨礙身體健康啦！何況他這一抽菸，四週的空氣都被污染了！他說不要緊，抽了好幾十年了，抽根把菸污染不了空氣！

我也勸賣肉、賣魚的老闆：「把菸熄掉好嗎？大清早就吸菸？」他們有的看看我，自顧做生意，有的勉強丟掉菸，不大高興的問：「買什麼？」至於那位賣水果的，由於他平時尚有幽默感，我便說：「下次來買水果，你再抽菸，就少給一半錢！」還好他沒有生氣，只說：「不抽菸沒精神哪！」

「不抽菸沒有精神哪！」公車、計程車的司機先生們，也這樣對我說過。我建議他們吃茶糖、吃薄荷糖，甚至喝咖啡都好。有的笑著搖搖頭，有的拿出檳榔放在嘴裡嚼，且說：「吃檳榔可以吧？檳榔沒有什麼二手菸吧？」

勸人別在電影院、醫院候診室內吸菸，得到的回答是：「干你什麼事兒？」「你自己不吸就好了！」

宴席上，可以好言相勸同桌朋友勿吸菸，鄰桌的就勸不了啦，保不住會遭白眼說：「又沒在你那桌吸菸，多管閒事！」

遭白眼的時候可多囉，爲了實行「拒吸二手菸」，曾無論親朋好友，看見他們吸菸，便鼓吹戒菸的好處，又宣傳吸菸的壞處，滿腔熱忱，逢人便勸，得到的回報常常是一張面有慍怒，不理不睬的表情。以往客人來舍下，敬茶不敬菸，還說：「抱歉！我們沒有菸招待。」客人都笑著掏出自備香菸，抽將起來，我連忙去找菸灰缸。如今來了客，我不但不爲沒準備菸抱歉，還拜託他別在屋內吸菸。想來，必定已經得罪不少朋友？奈何！

其實勸人不吸菸，完全出於一片好心，無端招來好些麻煩，可見我們的社會忠言逆耳。最近，在電視上看見幸安國小學生們用魚、小白鼠、蟑螂等做菸毒試驗。在二手菸毒內長大的小白鼠，肺與腸子都是黑的。魚缸裡滴進尼古丁，蟑螂罐滴進焦油，這些小動物很快就被毒死了。據說一天吸一包菸的人，比不吸菸的一天少活兩小時。吸菸不僅肺與呼吸器官受害，胃、胰臟，甚至喉嚨與食道都危險。懷孕女人吸菸，嬰兒罹患腦炎機率，較母親不吸菸者高許多倍。吸菸眞是太可怕了，發明香菸（臭菸！）該入地獄！

祈禱全國同胞共同朝無菸社會努力，否則即使再多「世界上最大的拒菸標幟」，拒菸運動仍沒眞正起飛，只是一句口號而已！

奇妙的鹽

小時候，老家廚房裡，有四五個大小不同的綠釉罐兒。裝糖、裝鹽、裝油。黃醬——醬油代替品，糰粉——勾芡用的也都裝在綠釉罐裡。

有一天下午，我們幾個小孩兒喝京米粥當點心。京米粥與糯米粥相似，胡同裡挑擔來賣的。那個時候糖貴，小孩兒又愛吃甜，我偷偷到廚房綠釉罐抓了一把糖，放進粥裡頭。喝了一口，「媽呀！」一聲，鹹死了，原來錯抓了鹽。

這不怪我笨，都怪鹽、糖，長得一模樣啊！那時候，我很奇怪爲什麼鹽糖加進食物裡，全都消失了踪影，瞧之不出，嚐了才知道。

鹽糖都是人類不可缺少的恩物，是生活中的珍寶！

《聖經・新約福音》中，耶穌曾以鹽曉喻門徒：「要發光做鹽」。

又說：「鹽若失了味，就無法再鹹，已成廢物任人踐踏」。鹽的珍貴就在它：「有味兒」，和糖一樣。

其實，鹽除了食之有味外，尚有極多種用途。防腐保鮮眾所週知，洗滌除汚、沐浴解乏、嗽口潔牙等等，多得不勝枚舉，據統計用途竟有壹萬餘種。其中消耗量最大的，當推工業用鹽。

世界上的鹽，大概總分爲礦產與海產兩種。臺灣得天獨厚，鹽田天成。早年在北平吃的鹽，都來自天津大沽口，與臺鹽相彷，潔白晶瑩。而四川卻是礦鹽，也就是吸取地下鹽水加熱熬煮，俗稱：「鹽槽子」裡產生的。顏色灰灰狀似石塊，放在厨房淺淺罐兒裡，煮湯炒菜炖肉時，刮下些許使用便可。

在北平住家附近皆有：「油鹽店」，出售菜蔬、醬油、蔴油和「鹽」等日常食品。臺灣買鹽，多在菜市場、雜貨店。來臺灣在臺南生活十幾年，住家與健康路的「臺灣製鹽總廠」爲鄰，也長達十幾年。我每天經過製鹽總廠大門口，送孩子去上學，或到水交社去買菜。從未想進去參觀參觀，而且，還有同教會友，在製鹽總廠做主管呢。這一次，專程由臺北去南部，冒雨參觀臺鹽的「通宵精鹽廠」，一切均機械化設備了，既迅速且衛生。其中新推出之「健康低納鹽」，更爲人們稱道。

適逢臺鹽歡度四十週年，回顧初光復時，政府由日本人留下簡陋、殘破的鹽灘，努力經營，經過不斷改善，和鹽胞們胼手胝足，刻苦耐勞工作，才有今日現代製鹽生產。

近來臺灣經濟繁榮，人民生活水準提高，營養太過豐富，以致高血壓、糖尿病等患者增加。臺鹽爲了關心同胞的健康，特別編印一些小册子，提倡「少吃鹽、多用鹽」。

寫到這兒，腦海中又映現南臺灣七股鄉、布袋、鯤鯓一帶鹽水融融的鹽田，和潔白如雪山般的「鹽」。以及曬鹽工人、洗鹽工人的辛勞。對他們有無限的敬意！

臺糖樹

每個小孩都喜歡吃糖，大人也一樣。糖爲人類貢獻極大。和鹽一樣，身體缺少了糖，既沒精神又無力氣。和鹽一樣，糖既可調味，又能防腐。

而最重要的，糖還眞是好吃！甜蜜的味道使小孩冒著蛀牙的危險，愛美的少女也顧不了糖會使她發胖。花生糖又脆又香、檸檬糖酸酸甜甜、牛奶糖芬芳可口……啊不管什麼口味的糖，尤其巧克力糖一粒入口，味蕾便歡喜的歌唱：「擋不住的誘惑不愛也不行！」

吃過糖，嚐過甜頭，人們便離不了糖啦！前些日子，我去臺灣南部，拜訪糖的故鄉。臺灣南部的虎尾、新港、屏東等地，有好些糖廠在日夜不停的製糖。大家都曉得糖是由甘蔗壓榨、熬煮而成的。現代製糖方法科學衛生，都是用電腦操作。到了糖廠所在地，空氣裡便瀰漫著蔗香，連呼吸也是香甜的了！

看過糖廠，再到臺南的「臺灣糖業研究所」參觀。

臺糖研究所特別的標幟，是在他們進門地方，有一棵高大圓頂，枝葉茂盛的樹。綠得令人心醉。不是研究糖的嗎？爲啥培育植物和漂亮的樹？糖的原身甘蔗也是植物啊，所以研究所設植物保護系，系主任鄭文義，和他的女兒鄭美潔都是臺大植病系畢業。巧的是鄭美潔和多兒竟是同班同組的同學。這兩個給植物看病保健的同窗，想不到他們的家長會在臺糖樹下見了面。人生何處不相逢！

研究所園地很大，有蘭花保育室、蔗農館、組織培養室、園藝系、圖書館、研究大樓，最吸引人的是：「糖業博物館」。館內四壁懸掛臺灣早年製糖情況圖，老式煉糖物品，如鐵鍋及簡陋的煮糖用具，陳列在架子上。好似置身古代回復原始生活。博物館前端草坪，則展覽著功成身退的一架小火車頭。

「嗚嗚！」我似乎又聽見糖廠小火車笛子聲音，催小學生快點起床。那時候，糖廠小火車是臺灣重要的交通工具，好多學生依賴小火車代步上學呢！而臺灣糖業，也是帶動經濟繁榮的一大功臣，爲臺灣賺取了不少外匯。如今雖因社會型態改變，國際糖價低落，臺灣的糖不再像早年那般利多。但臺糖發展出叫好又叫座的副產品：豬肉類、食用油類、餅乾、酵母粉、健素、香醋、酒精，好多都是跟咱們民生有關係的產品。最近又推行水耕無農藥蔬菜、與無公害的免洗餐具。臺灣糖業，就如那棵永不枯萎的大樹，根深桿堅，與我們共同生活在息息相關的土地上。

臺糖樹使我一見難忘，只要沾點甜，重重疊疊臺糖樹的綠影，便出現腦中。我禁不住要打心底歡呼。

臺糖樹、臺糖人、臺糖——萬歲！

「點滴甜味在心頭！」

空氣瀰漫甜甜的蔗香，小火車嗚嗚的笛音，少婦懷抱嬰兒，佇立一望無際蔗林小道上。如夢似眞的情景，一幌四十年月已過去！

糖啊！糖！人生不可缺鹽少糖。缺鹽沒力氣，少糖沒精神。鹽可防腐，糖也一樣！

初臨臺灣，立即住進虎尾糖廠的大宿舍。蔗板爲牆，修竹爲榻，門口空地砌個簡單的竈，克難生活由此開始。

那時候，「糖廠」在臺灣，可是當時最「吃香」、最「當紅」的機構。在南臺灣，提起糖廠無人不知。賴以交通之小火車，萬千學子靠它通學，居民百姓依它出門。而糖廠小公園，是市民們休閒最佳場地。糖廠醫院、診所，嘉惠雲嘉地區民眾。最要緊的，在光復初期，臺灣尙係以農爲先的社會，除了食米，就只有「糖」去外銷來彌補收入不足。

「糖」曾經爲社會經濟繁榮，國家建設，貢獻了最大的力量。每位投身糖業工作的「臺糖人」，無論資深資淺，他們都會津津樂道臺糖人的光榮。因爲即使現在，社會轉型成工商爲重，砂糖外銷因國際價低落而減少，但臺糖仍經營了好多副業。如生熟肉品、食用油、水耕蔬菜、酵母、紙漿等等，無不叫好又叫座。臺糖豬肉、臺糖水餃，營養高，滋味好，衛生安全可靠，常常供不應求。甚至花卉培植，臺糖也在大力推動。將來政府加入ＧＡＴＴ，國際農產品及花卉自由出入，國內花業若無高水準貨品，必面臨國際競爭考驗。臺糖注重研究發展，不求近利，將可輔導花卉業者，提高品質。其中養蘭一項，最爲重要！

近年來，臺糖雖然被徵收了土地，亦購進了不少有開發價值的土地。雖然臺糖由全省五十多處糖廠，縮減成三十多所，臺糖的未來發展仍然看好！目前臺糖似乎產量不多，但僅國內平均每人一年，就需要二十幾公斤糖。

想起了糖，味蕾便告訴我饞饞的感覺，想起了糖，更湧起初來臺灣，年輕不知愁的日子，空氣裡瀰漫著濃郁的蔗香。我隨手拿起一塊蜂蜜水果糖，送進口裡。一股甜蜜蜜說不出來的芳香，充滿味覺，點滴甜味甜在心頭：臺糖的呢！

「三合碧玉」與「紅嘴綠鸚哥」

我是一名極笨的女子，既不善女紅，又不精烹調。做了好幾十年無薪無假的家庭「煮婦」，能誇口的也只有包餃子。我包的餃子雖然水準不一，皮薄餡大卻錯不了。有時高興，一口氣弄四種餡：豬肉蝦仁韮黃、牛肉芹菜洋葱、香菇木耳豆芽豆干粉絲、韮菜鷄蛋蝦米，有葷有素，吃過的人個個叫好連天！

我包餃子不用買皮兒，自己和的麵好包又好吃。我的餃子餡中的菜都細切粗剁，決不去汁水；放足了蔴油，用上好醬油調味不加味精，所以吃的時候，咬一口要小心餡中湯汁流出來弄髒衣服。

葷菜我做不好，有兩樣素菜，我覺得還滿不錯的。其中之一是跟張大千伯伯四川廚司學來的「紅嘴綠鸚哥」。其實就是「炒菠菜」啦！秘訣是選菜要不老不嫩，老了會澀難吃，過嫩還沒長出紅根不漂亮。

炒這道菜半斤菠菜就够了，要整棵的沖洗乾淨。特別注意根部，可摘去鬚鬚不可傷到根，沒有「根」，就不像「紅嘴」綠鸚哥了。烹調過程很簡單，菠菜大水洗淨瀝乾，先燒半鍋開水，加少許鹽及蔴油至水中，菜倒進去一燙即撈起。

另炒菜鍋放少量油，油熱先放進葱蝦爆香，接著放進菠菜炒兩三下，少許鹽調味即可裝盤上桌，又脆又鮮又好看。燙菠菜的水，可加豆腐做湯，十分清香。

「三合碧玉」是由寫詩的和尚朋友若水法師處學的，若水沒去菲律賓前，經常邀請文友上山吃素菜。我是基督徒並不排斥信仰不同的朋友，何況對經過「靜修禪院」，才能到達山上的「彌勒內院」住的年輕和尚，很有好感。若水那時是慈航法師的當家大弟子，不僅博學多才，人品也是第一等。我們經常交換讀書心得，說文論詩頗爲投契。每回預知我上山來玩，若水必央請他最會做菜的師弟常證法師，精心烹調一桌美味且低脂肪的素菜款待我。而令我一嚐難忘的便是涼拌菜「三合碧玉」。

材料也很簡單：嫩芹菜數枝、綠豆芽四兩、洋菜（海產，可做果凍的）半把。調味料醬油醋蔴油糖外，另需一些薑末和小紅辣椒絲。先將芹菜、豆芽菜、分別在開水中燙過，洋菜也用溫開水泡洗乾淨，三樣同時裝進大碗，加調味料拌勻即可。這道菜清爽開胃，熱量低可列入減肥菜單。

——雞湯配元寶——

周末早晨，在臺中教書的兒子來電話：

「媽，我今天忙，可能不回家吃晚飯，別等我。」

「好嘛，我們先吃。吃韮菜餃子喲！」

「啊！韮菜餃子呀？那我儘量趕回來！」

聽聽，餃子的魅力有多大！

餃子的魅力確實很大，並非只有是麵食餵大的咱家三壯丁愛吃餃子，愛得不分葷素。也不問煎炸煮蒸，只要是餃子，就說：「好吃！」其他省籍的大人孩子，連老外都算上，不喜歡吃餃子者幾希？肚子餓了吃盤餃子，既是點心又當飯，多好！

母親大人在世時，時常闔家圍桌包餃子，她邊擀皮邊說笑話。說得最多的老笑話是一則

「餃子迷」：

有個餃子迷，到朋友家吃餃子。朋友的太太問他吃多少個才飽？他說：「看見就飽了！」朋友太太誤認他胃口小。不料他吃得又快又多，一口一個，連吃五大盤，餃子全部都給他搶光了，還意猶未盡！結果他臨走前，哈腰繫鞋帶，一張嘴，掉出來個餃子。他趕快撿起送進口裡，驚喜地說：「牛肉餡咧！」

原來餃子迷是說「看見餃子」在嘴裡，嚥不下去了，才算飽！

「餃子兩頭尖，吃了成神仙！」「好吃不過餃子，舒服不過躺著！」這些對餃子的讚美語，我是由小聽到大，並且一直傳到下一代。

關於包餃子的典故、學說很多。講究的是如母親大人一般，合麵剁肉拌餡兒，麻利快。合麵要三光：手光、盆光、麵光，才算及格。麵的軟硬更要適中，太硬太軟都不及格！

做餡講究細切粗剁，若是牛羊肉，邊剁邊羼花椒水，肉才會細嫩。無論什麼肉，蔥薑末是少不了的，醬油、麻油和黃醬，更是使餡兒香的訣竅。

母親做麵食的手藝，不是蓋的，若跟人比賽準得冠軍。她烙的蔥油餅、韮菜盒子，外皮絕不沾油。小孩用手捏著吃，外酥裡潤。蔥油餅餡兒滑嫩嫩地，韮菜盒子咬一口，那股濃濃的韮菜香，簡直好吃得不得了！她擀皮兒的速度之快，令人嘆爲觀止。麵團在她巧手木棍下自動團團轉，轉眼一張邊薄心厚的餃子皮就成了。她一人擀皮，可供四五個人包，都還包不及。所以，母親聽見有誰家把包餃子當成大事，或有人爲包一頓餃子，從早忙到晚，大爲不解。咱家圖省事懶燒飯煮菜時，才包餃子哪！

因爲餃子飯菜兼具，煮餃子的水加點玉米粒、蕃茄丁、打個蛋花，就變成玉米濃湯，若加小白菜、豆腐，就是青菜豆腐湯。請客時，只需再備上點滷菜或涼拌黃瓜什麼的，就可吃得賓主盡歡，既省錢又省事。再說，就像相聲裡講的好，「餃子下酒沒醉沒飽」，三朋好友，淺酌一番。

餃子這種食物，可以視作家常菜，也可精製成豪華大菜。梁實秋教授有一回給詩人羅青證婚，羅青的母親答謝梁教授的一餐盛宴，主角竟是鷄湯下水餃。梁教授認爲這是多年來，他吃過最鮮美的一餐。

在《雅舍談吃》中，梁教授也說，他在青島「順興樓」餐館宴會酒席上，餐尾美點是一鉢小巧的水餃，泡在濃濃鷄湯中，黃魚韮黃餡兒。當時雖然大家已是酒足菜飽，但禁不住小餃子誘惑，還是將一大鉢水餃吃得精光，連連叫好！

餃子大小因地而異，山東餃子大而易飽。四川「紅油水餃」、「清湯水餃」，用小碗盛十來個小小巧巧的肉餡餃子，或調拌醬油蒜泥白糖，加辣椒油或加高湯，隨心所愛，換口味飽口福。

「餃子」的名稱也很多，有地方叫「煮餑餑」，也有地方叫「扁食」。油烙的也分成「鍋貼兒」和「褡褳火燒」兩種。餃子餡兒更是花樣繁複，有葷有素。素餡中首推包了香菇、木耳、豆干、粉絲、綠豆芽兒、菠菜、紅蘿蔔絲、筍、金針等材料的十錦餡爲最。再加上點剁碎的老油條、上好的麻油、少許味精及白醬油、鹽及嫩薑來調味。嗬！眞個是不油不膩，紅又綠的餡兒，秀色可餐，吃了還想吃！

葷的無論雞鴨魚肉，樣樣皆可入餡，只要調理得當，就是美味。經過多年鑽研，舍下餃子餡中的「菜」一律不擠汁，選嫩葉嫩梗，細切拌些許油，即不致出湯。保留菜汁即保留營養。例如包牛肉餡，我常用一斤全瘦牛肉，加四兩五花豬肉，細絞兩次。先用五根青蔥與薑切碎拌入肉餡，加鹽醃片刻，繼續加入醬油、麻油。包之前，合進洋葱末、芹菜末。如此料理，牛肉餡滑嫩有汁，非常可口。

另外我常做的是一半豬梅花肉，一半雞胸脯肉，加大白菜心，也極爲討好。餃子餡應該多變化，不要墨守成規。有時四季豆、小黃瓜、茄子，都可利用。甚至又老又大的南瓜，也可以做成「南瓜餡兒」的餃子，吃起來甜甜、麵麵地，很特別的味道，蘸著醬油、醋和蒜吃，滿不錯的。

初來臺灣，僅少數北方館子賣餃子，如今冷凍餃子遍街大小超市有售。電視上，天天出現白白胖胖，吃餃子的廣告，說明了餃子文化正大大流行！

燒餅吃過癮

文友應平書年紀輕，養生之道卻十分老練。她不但是減肥專家，也精於美食。最近「繽紛」刊出她的〈滿街找燒餅〉文章中，再見到她對「吃」的專注與內行。

「燒餅」是我國大眾化吃食，不分省籍的中國人，沒吃過燒餅者幾希。烤得外脆裡潤、火候適中的燒餅，吃的人享受口福，一旁的人享受嗅覺——聞見芝麻香、糧食香，眞是不可言傳，只能意會的美啊！

我買燒餅，一是在臺北開封街至重慶南路街口，二是在三張犂菜市後巷，山東老太太賣的「長餅」。長餅屬於發麵燒餅，長約有三十公分，五公分寬。外皮香脆、麵軟潤，有一點點油，微微有點鹹味兒。買一個剛出爐的長餅用紙包著，邊走邊掰著吃，還沒到家，大長餅已被我吃完了，只留下滿口餅香！

這種長餅因爲全是人工製造，並由原始火爐烤成，雖然好吃但費工費時，第二代業者多不願學習。老太太曾無限感慨的說：「等我死了，長餅的做法就失傳嘍！」

長餅的好處是個兒大，經吃！外皮無油，方便用手拿著吃。若切開夾滷肉、鹹肉，固然是美味的「燒餅夾肉」，掰成小塊炒肉絲白菜，或泡牛羊肉湯食之，較炒餅或牛肉泡饃更有味道！

其實，就是白嘴吃也頂香咧，一家三口買兩個長餅當主食，配上大鍋粉絲豆腐熬白菜或酸辣湯，就可以打發一餐了。

另外，有一種叫「螺絲轉」的燒餅，也好吃得很。從前在中華商場南段，一家北方小館子會做。螺絲轉也是發麵的，做法有點類似銀絲捲，但比銀絲捲稍粗。先將麵團擀成片，塗上一層麻油芝麻醬，捲繞而成一圈圈的圓餅，排在擦了少許油的大平底鍋「鐵鐺子」上，慢火烤烙而成。

螺絲轉的味道比長餅更勝一籌，吃的時候一圈一圈的撕下來入口，邊焦脆裡軟香，更是好吃極了！

以書爲友

我是喜歡熱鬧、怕孤單的女子，當然樂意多交朋友。無友不如己者，多交朋友還可以學習他們的優點，充實自己的內涵。年幼的時候，不分男女老少，談幾句話，就變成了朋友！以致母親總是不好意思，要向人家解釋：「我們小二妞呀，是個見人熟！」

母親認爲女孩子，該保守些才好，不可以隨便交朋友。當然，她也擔心女兒交到壞朋友，惹麻煩不說，要是跟著品性不良的朋友，學壞了，才糟糕呢！

所以，自幼母親就鼓勵我們多看書，以書爲友，那時候書籍出版不易，尤其是對日抗戰時，大後方的物資嚴重缺乏，一般中小學教科書都是質料極差的土紙印刷，那種紙很容易破，字跡也不清晰。至於課外讀物，更少了。母親便想辦法帶我們到難得入內的圖書館，陪我們看書。由於有的書不外借，只得分幾次在圖書館內看完。《伊索寓言》便是連續去三個禮拜，才看完的。因爲每週只能去一次，每次去不過一個多小時，忙碌的母親爲培養孩子閱讀習慣，已經盡力了。我記得那是四川成都一所頗爲洋化的大學圖書館。至於成都賣書的店鋪，大的書店沒幾家，多半集中在池堂街。在那裡買得到洋裝書，印刷精美彩色插圖的兒童故事書。但價錢昂貴無比，非我家六個孩子，父親又是職業軍人經濟所負擔得起的。而學校中家境好的同學，書包內常常裝著令人眼紅的童話集，下課時便拿出來炫耀。偶而我借到手上，翻閱片刻，總是幻想自己擁有這些漂亮有畫兒的書，愛書病就是這樣養成了！也因此我結婚生子以後，允許我的孩子可以由小到大，隨心所欲的買書。只要內容健康，印刷清晰，從不考慮爲孩子買書花了多少錢。畢竟花錢買書，比買玩具值得。

多看書等於多交朋友，然而多讀書並不是亂讀書，無選擇的讀書，如同亂交朋友很危險。目前出版物蓬勃，卷帙浩繁中，如何選擇對自己有益而又有興趣的書呢？這很不簡單！

我認爲每個人最先該讀一些存養的書，如《論語》、《孟子》之類，幫助自己確立人生目標。另外《聖經》也是一本必讀的書，使人明白天人合一的境界，明白造物者的旨意，和「信、望、愛」的總歸。只要我們結交了《聖經》這位朋友，細心去瞭解他的旨意，並思想實踐，我們將會有一個對今天充滿信心，對明天充滿希望的人生。

要抽時間讀一些好的詩詞，就像和一位淡泊名利的君子交友。無形中，您會受他的感染，在物質追求越來越厲害的今天，讀古人詩詞，能令您返樸歸眞，布衣菜飯也知足常樂。

還要讀點學術思想名著，以適應知識爆炸的今天，幫助自己建立邏輯體系，吸收新知，以免落伍！好的遊記值得欣賞，像交一位遨遊四海、博學多聞的朋友，讓您內心世界豐富遼闊起來。

最後，還有一種您一輩子也少不了的書，非讀不可！那就是學以致用的書，這種書友，即使您多嫌他，也得與他形影不離，您說對嗎？

花香、茶香、伴書友

清晨起床梳洗完畢，邁進廚房第一件事，便是燒開水泡茶。多年習慣，改也改不了。我沒讀過《茶經》，不知陸羽以茶作些什麼經文？但喝茶是祖傳習性，白開水儘管衛生，只解渴不提神。

茶泡好了，洗掃過後，早餐開上桌子，邊吃早飯邊看兩份日報，邊喝茶，人生一樂也。同樣的，一本好書，滿室寧靜，讓我慢慢閱讀，也是人生一樂也！如果再插幾枝鮮花放案上瓶中，花香、茶香、伴書友，人生夫復何求？

從小到大，對物質生活無大慾望。親情友情固然可貴，爲人生不可或缺。然而能得閒暇，於柴米油鹽，繁瑣家務之餘，獨自喝杯好茶，看本好書，賞瓶好花，我認爲就是一種享受矣！

因爲，讀好書教人心曠神怡，好茶清芳神清氣爽，好花則馨香悅目。有什麼能比無牽無掛喝好茶，讀好書，賞好花更舒坦？以前我曾讀過：「好書，是人類忠實的朋友」，現在更證明：「好書，是人類一生的朋友！」

生逢戰亂，沒機會多受正規教育，我之所以沒落後到鄉村婦女，之所以還可執筆寫點小文章，將內心感受記諸文字，「書本」有很大的功勞。雖然我不是認眞爲求學問讀書的人，卻有心求知識，報章雜誌，各種文學典籍，就成了我無聲的導師。

讀書的地點很多，不一定在書房內！我也沒有自己的書房，但兩個兒子臥室兼他們的書房，滿櫃滿架的書任我挑選閱讀。空閒時，我固然得以仔細品味書中妙趣。忙亂中，也能片刻優游於書頁文字間：等水開下麵，等肉爛起鍋，甚至等洗衣脫水，都可偷空讀一首小詩，幾段短文。至於床前明月光，燈下讀書香，睡前看些好文章，連夢也是香的咧！

閱讀成癖，一日不讀書，混身不自在，而讀到一篇佳作，終日歡欣而忘卻世間煩惱，這滋味只可意會，無法言傳。

花香茶香伴書友，是我對生活最大的願望。要感謝上帝，由小到大都不缺乏。眞是：天上榮耀歸眞神，地上平安歸喜歡讀書的人！

一文學的下午茶一

生活在工業社會的現代人，無形中都有一種忙迫的感覺。從早到晚像上緊了發條的鐘錶，不停地滴答趕著時間走。身爲無薪無假的家庭主婦，又兼業餘爬格子「坐」家，要想抽空做點自己喜歡的事，比如拋開家務，不管丈夫兒子的那些髒衣服臭襪子，不管餐桌上有沒有迎合他們胃口的食物，獨自去圖書館或書店街閒逛它一個下午。給自己調劑一下，慰勞慰勞終日辛勞，有何不可？

主意既定慰勞假自簽自准，接下來是計畫去處了。首先想到的是搭車到重慶南路，繼之想起最近多次路過這條街，發現原來大家喜愛的「書店街」已改觀，變成了小吃店與零售商的樂園。許多書店生意清淡紛紛轉業，「重慶南路」已不再代表大臺北首善之區文化街了。哀哉！那麼，去圖書館如何？圖書館不錯，尤其是中央圖書館，寬大整潔的閱覽室，宏偉的建築，較南海路舊館美得多囉。雖然沒有荷花池，沾光與中正紀念堂對門居，滿誘人的景緻！然而敝人慰勞假僅有半日。可憐這一下午時間，最好尋一處小巧溫馨，卻又富書香味兒的場所。這時候，我想到僅在開幕典禮時，匆匆見了一面的：「九歌文學書屋」。心頭湧起一陣歡喜，對了！就是去九歌文學書屋，領略一下那兒的：「文學下午茶」。

來得早不如來得巧，走進位於臺視旁邊巷子的九歌文學書屋，竟趕上好友趙淑俠演講。淑俠長年僑居瑞士，我們交往以文會友，相惜相愛。雖然相處時間不如其妹淑敏多，但精神相契勝過經常聚首。這次她返臺度假，老早就由淑敏口中得到消息，文友們都興奮的在期待著。

五年不見，淑俠神采依舊，娟秀細緻的風貌，仍然是昔日眾多男性仰慕的：「大美人」！而陪同前來的淑敏、淑莊、淑倬三位妹妹，都個個長得眉清目秀，又都穿著鮮麗的夏裝，花園錦簇美不勝收，只得以：「好花開一樹」形容之。除了大姐淑俠、二姐淑敏在文學上卓然有成後，四妹淑倬也寫了不少文章。三姐淑莊歌喉婉轉是一位聲樂家，目前任教於師大音樂系。幾年前淑莊自歐洲學成回國時，曾開過一次盛況空前的演唱會，一口氣唱了兩個多小時：「世界名曲」、「中國地方歌曲」等等，優美的女高音聽得觀眾陶醉不已，「安可」之聲不絕於耳。趙家尚有兩位妹妹在美國，好像分別學繪畫及服裝設計？反正好花開一樹是對了。

「九歌文學書屋」確實是一處小巧可愛，充滿書香藝術的園地。名建築師漢寶德利用有限的空間，巧妙的安排出典雅格局，讓人覺得親切舒適。聽說這棟一樓公寓原九歌出版社社址，後來業務擴充不敷使用，九歌遷至較寬大房舍。空房有美容院、電玩店來情商租用，屋主蔡文甫先生本著對文化的熱心與敬重，捨不得將此屋出租，寧可賠貼資金改裝，開設以服務讀者的小小書屋。此書屋不同於一般咖啡店，雖然也賣咖啡冷飲紅茶，但其寧靜溫馨的氣氛別處找不到的。我眞恨自己住得太遠，否則我一定常常來這兒看書。

喝過了有淑俠精彩演講的：「文學下午茶」，我心中滿足帶著歡欣回到家中，老伴兒喜樂和多兒，父子倆正津津有味的吃著蛋糕漢堡電視晚餐。竟然不在乎我這名家煮婦之「罷煮」。悲哉！

一定要多讀點書

看舞臺劇：「風雪夜歸人」，想起少年話劇迷那段日子，撫今追昔，感慨萬端！不曉得如果我那時沒迷上話劇，崇拜話劇演員明星，像我父親指責的：「不好好兒唸書，跟著唱文明戲的瞎鬧！」我會不會失學？

腦筋舊的父親大人，將當時社會文藝活動，舞臺話劇，看做：「文明戲」。演員自然視爲唱文明戲的「戲子」，戲子不是正當家庭女孩子該接近的，何況我又曉課逃學，活該被抓回家禁足！

其實那時候家境已經不好，中小學學費都貴，六個孩子唸書是一筆大開支。正值對日抗戰末期，通貨膨脹，學校收費都以多少擔米計算，我和大姐又唸的是：「華美女中」、「中華女中」，貴族學校。大姐功課好，繳不起私中學費，轉學到公費醫事學校，我則只好停學在家了。因爲老爸又不允許我以流亡學生身分，跟同學遠赴外埠國立十八中升學，這所中學是專收流亡學生的，我經過學力測驗，勉強及格。要是我進了十八中，至少不被騙婚，小小年紀就懷孕生子，從此奶瓶尿布、油鹽柴米陷入永無止息繁瑣家務，撫育嬰孩的天地裡。再沒機會走進學校大門一步，斷送了我繼續求學讀書，年輕記憶力強的好時光！

憑良心講，年輕時若眞有心進修，還是有辦法的。只要我懂得利用閒暇時間，刻苦自修，每天學一點英文，讀一些增長知識的好書。日久天長積少成多，我現在肚子內墨水也很可觀咧！奈何我這個人的弱點，就是最怕聽人說洩氣的話，我那以死要挾達成心願，娶我爲妻的喜樂丈夫，最大的本事自己喜樂，叫別人生氣。我一唸英文，他便在一旁取笑不止！偏偏我英文的啟蒙師是一位四川人，由初級英文第一課，ABCD二十六個字母唸起，唸的都是四川鄉音英文，確實很難聽！語言這門功課，最重要的基礎發音，好些外國傳教士，說得一口山東鄉下話，或上海、江浙話，就是教他們中國語言的啟蒙老師，沒教他們國語造成的，很難聽！

喜樂在美國唸書五六年，回國後又進洋機關吃英文飯，他若有心助妻子學英文，耐性善意教我且多加鼓勵，我的英文還會停留在初中生階段嗎？他非但不鼓勵，有不懂的去問他，還要被他恥笑一番。對我如此，對他自己三個兒子也都如此！原因是他很懶，不想費時勞神教人，即使是太太和兒子！加上喜樂對於家庭生活一切麻煩問題，都懶得處理。我曾寫過一篇我的另一半，推崇他是：「有福之人」，的確是這樣。他一生都在坐享其成，從未爲任何事操心發愁，甚至在兒子將參加大學聯考前，他竟說：「人不一定都要上大學」的風涼話！《聖經》上說人不可叫今生的憂慮，奪去心境寧靜，失掉做其他有意義工作。耶穌基督一再勸誡門徒要在：「安穩中得力」。我年輕時固然適逢戰亂，早婚失去求學機會。但如果我內心澄靜，刻意抓時間多讀書，也不致今天老大徒傷悲吧？自學到底需要很大的毅力，不然中國爲什麼只有一個王雲五？

要是時光能倒流，我一定會趁年輕多讀點書。有學問與沒有學問的人，雖然同樣活在世上幾十年，都是人間過客。但其人生境界，卻有著很大的差別，大不相同啊！

天下無堅不可攻

「華副」新專欄:「如果我再年輕一次」,九月廿一日刊出拙作:〈一定要多讀點書〉。雖然只是千把字短文,竟引起不少迴響。

先是《民生報》記者張夢瑞打電話給我,一再說讀了那篇短文,他很感動,他很感動!說是使他省悟自己也該趁年輕,多讀點書充實知識。又說好在我的三個兒子書讀得好,都有學問了,補償了「媽媽」的不足!多謝張夢瑞好心安慰我,但書是須自己去讀的,兒子再好,他母親也無法分享。最多遇見不會寫的字,或缺什麼資料,像我問如我家保康這種乖乖牌的么兒,他挺樂意,也極有耐心的爲老媽服務。否則即使親如母子,他再有學問,不忙亦懶得爲母解惑矣!

另外,兩通自稱讀者來電,大意同是說不相信小民沒唸過大學咧!又一讀者則來函詢問：「如果妳再年輕一次，還會被騙婚嗎？」

當然不會！婚姻乃終身大事，豈可落入別人以不嫁給他，就「走到沒人的地方去死！」的圈套？即使四十多年前，也只有我和母親這種善良的傻子，才幼稚得眞怕鬧人命！也怪我父親那時候離家遠行，我大姐雖極力反對，奈何她不是長輩，阻攔不住。後來還多虧大姐協助，我才平安產下長子。喜樂啊，既無能又沒辦法照顧我。而我天眞得以爲結了婚便海闊天空，爸爸再也管我不得。豈知從此無盡期的，沒有薪給的勞役等待著我。一生一世無終了！還記得初婚住在南京大光新村，同院子鄰居太太的妹子，比我還大一歲，她在金女大唸書。那時候，我好羨慕她無憂無慮、自由自在的大學生活。而我更可憐的自己還是個孩子，就生了個孩子。什麼都不懂，嬰兒哭我就會跟他一起哭！

現代女孩子可不會那麼容易上當了吧！奉勸年輕少女要把握青春，好好充實自己。現在的年輕人若想上進，求學的管道有的是：夜間部、空中大學、各種補校，及職訓所等等——太多太多了，只要自己不放棄，任何阻礙也不必怕，更別聽別人說洩氣話。最後，我願意將中學校長勉勵同學的詩句，送給年輕的朋友們。我曾經以此勉勵過自己三個兒子：「三十年前好用功，男兒（女兒亦然）何者爲英雄？世間有事皆當做，天下無堅不可攻。

萬里行方由足下，一耗非莫入胸中。拳拳相勉無他意，三十年前好用功！」

親愛的朋友：拳拳相勉無他意，三十年前好用功啊！

連書桌也沒有

「華副」「書房天地」推出以後，公開了許多名家學者，寫文章、作學問的寶地。有的洋洋大觀，豪華富麗，有的輕描淡寫，簡約素樸。無論書房大小，或華麗、或樸實，「書房」永遠是每位愛書及讀書人，喜愛去的地方！

眾多書房天地裡，我最羨慕的，首推黃文範先生的「山齋」。倒不因黃先生書房內部，裝設得如何講究，令人眼紅。而是他住花園新城，他的山齋南北窗外，都有一片大自然景緻。而山間空氣清新，環境寧靜，沒有污染。有的只是翠谷天光，隨著四季按時更換的景觀。這樣的山齋，能不讓窗外只見水泥森林，高樓大廈林立，噪音不絕的都市人嚮往而羨慕？

我這輩子，從未擁有過書房，甚至連書桌也無一張是我的。幸運的是，無論家住何處，我坐下來讀書寫作的地方，窗外總見紅花綠葉，樹枝搖曳，已經很難得！以現今居住的六樓公寓的五樓，兩間有書桌、書架、書櫥的房間，是保眞和多兒的，他們不在家就歸我用。這兩房不僅通風採光十分良好，還有謝了又開的紅黃白三色小花守在窗外。透過碧綠蔦藤，黃蟬軟枝繞掛的格子鋁窗，還可遠遠的望見永不厭的一脈青山。雖然不及黃先生山齋視野遼闊，我已經够滿足了。何況我又不是眞正的文人，那還計較自己有沒有專用的書房！

生活在四男一女，標準書呆子之家，男主人口稱「太太至上」，事實是「兒子優先」。故在南部獨院大房子裡，兩老書呆，總是讓三小書呆各據一間明窗淨几（老媽代收拾打掃的），讀書做功課的臥室。兒子們的爸媽，則住在兩個箱子搭成梳妝臺，化妝品與書同列其上，另置一盞燈，爲兩老睡前閱讀床頭書照明的臥室。兩老隨手常看的書和畫册，散置衣櫥內。大部頭的書，擺在固定書櫥書架上。書櫥書架呢？就安放在客廳餐廳、室內走廊、玄關，讓它們隨遇而安。

綜觀三小書呆房裡的書，除了他們學校課業必讀課本，老大喜歡牛伯伯打游擊，及武俠小說《玉釵盟》。《玉釵盟》的揷畫，又深受愛畫的老爸與兒子共同欣賞。

老二垂青《三國演義》、《水滸傳》、《阿三哥與大嬸婆》、《科學月刊》等。

老么的讀物比他兩個哥哥時髦，是由香港訂閱的《兒童樂園》、《小叮噹》等印刷精美，插圖上乘的優良書籍。稍長，他愛看的是《西遊記》。

孩子小的時候，三名小書呆的房間，又可說是我的三處小書房。我喜歡讀三個小孩的課外閒書，也常在他們的老爸，專爲他們畫圖設計的小書桌上寫文章。我的第一篇見報的散文，就是在多兒書桌上寫的。是他小書桌帶給我的好筆運，初次投稿就變成鉛字。已經二十年了，儘管我沒付出太多努力，卻至今仍未停下這枝笨筆。

對於寫作，我並無太大野心，總是心滿意足的寫點小文章。我承認有些是人情稿，有些是文友拜託出書捧場的花籃文章。但近二十年沒停筆，無論編書寫書，我絕對秉持身爲基督徒的本份，盡心而作，力求作品眞摯感人。當我發現居然有多位博士級的教授，告訴我他們唸中學的時候，都讀過我的《媽媽鐘》，感動之餘，更由衷的將榮耀歸給賜人智慧的上帝。因祂的愛永不止息，所以我的寫作也永不停筆。直寫到我眼花視茫老得拿不動筆，寫不出字的那一天！

—吃零嘴做功課—

別人寫文章，要預先構思佈局，打腹稿甚至擬大綱。我爬格學作文完全不一樣。百分之八十的文稿，沒寫之前，我頂多只曉得要寫什麼內容，想好篇名，下筆以前還不知該怎麼寫？通常都是在稿紙上，寫出第一句後，才想到該如何接下一句。

連著寫出幾句，不錯，我認爲思緒打開啦，這篇「小作」——（別人是「大作」，我只會寫小文章，跟我的筆名一樣兒，故稱之小作很合宜。）有希望完成了，馬上擱下筆，跑到廚房找東西吃。

可能是由小時候，吃零嘴做功課，養成的習慣吧？小時候，每天放學寫作業，母親總會放幾塊餅干，或一小撮花生米，兩片豆腐干，再不就是一把鐵蠶豆什麼的，在我和姐姐、哥哥做功課的桌子上，每人一份，誰都不准取別人的。多半是在吃飯用的圓桌子上，晚餐前或晚餐後則不一定。夏日放學早，小孩兒寫好功課才吃飯，冬天回家就黑了，熱湯熱菜早已擺在桌子上。所以，寫功課時間，多夏不同。

現在，寫小文章時間，也是多夏不同。冬天是在晚上，夏天慣於早起，起床梳洗完畢，燒水泡茶係當務之急。然後邊灑掃邊聽：「早晨的公園」，水開茶沏好了，又打點好老爺少爺，不同份量早點。有時還得不同種類，因少爺喜吃臺式如豆粽、米糕、肉包之類，遇到這種情形，得另給老爺準備豆沙包和蛋糕。因爲，咱家老爺早晨不吃葷的！飲料則豆漿、牛奶，換著口味兒來。

早晨的工作全部辦妥了，始能安心寫我的早晨的功課。早晨寫功課腦筋清醒，效率高，千字短文常常個把鐘頭完成。可惜速成品不夠細緻，這種產品常爲人情邀稿者償債，眞是對不起之至！精簡可喜的短文，寫作過程當然要長得多，零嘴也吃得多。

爲吃零嘴方便，我做功課不一定在書桌上。廚房小桌子最好，如果鍋裡燉著牛肉，聞香之外，又可不時挾一塊嚐嚐。在餐桌寫字也滿好的，靠近放零嘴的小櫥架，小零嘴可多著呢！諸如：核桃糕、桃片糕、酥糖、芝麻糖、五香瓜子、甘草瓜子、各式西餅、牛肉乾、魷魚絲，以及吃了發肥要命的巧克力糖……種類繁多，可不像我小時候，只有土製餅干花生米，幾粒鐵蠶豆，放在嘴裡嚼上老半天！

吃多了零嘴，當然得飲茶喝果汁啦。喝多了水份，下一步該做什麼？跑洗手間喲！

另一項習慣，是寫了一半，想起老大或老二及戶長交辦的事情。無薪的閒妻、閒媽，只得收拾起文思，換衣出門辦事去也。

本來就是「小民」

文友們聚會，喜歡天南地北的閒聊。聊著、聊著，話題轉到筆名。有人問我：

「妳的筆名爲何叫小民？」

我尚未答話，孫公如陵老兄，代我發言：

「她本來就是小民嘛！」

確實是這麼簡單，我取「小民」做筆名，名符其實。祖父給名字時，孫輩一律以「民」排行。爲的是不必費心思，在那兒出生的，就叫什麼民。我出生吉林長春，叫「長民」。

身爲平凡人妻、人母，原係小民一個。舍下乃量入爲出，節儉渡日，符合「升斗小民」。

本人所學有限，生活圈狹窄單純，好些新事務後知後覺。對現代社會許多光怪陸離、花招百出的現象，要立即完全瞭解都頗累人。加上有些術語名詞，一時也弄不清楚。爲了謙虛，爲了保護自己，我總是自稱自認「無知小民」。

其實，二十年前，大膽的投出第一篇破稿，隨手在稿紙上寫了個：「小民」，絕沒想到，這個「小民」二十年後，仍然不斷見諸報章雜誌副刊，第一篇投稿能變成鉛字，鼓舞力很大。

雖然以小民筆名，也出了點如：《媽媽鐘》、《母親的愛》、《春天的胡同》等，受大眾歡迎，引起迴響的作品。慚愧的是，得到大讚揚大推崇，卻因被認錯借了別人的光！一次在盛大文藝界集會上，有位學者特別走到我面前，拱手作揖道：「久仰了！」這位學者，跟其他向我表敬意的先生、女士們一樣，異口同聲恭維我：

「您那小市民的心聲，寫得可眞好！我們全家搶著看，眞感動！」

原來他們將「孤影」先生的小市民，誤以爲是我這個「小民」，還不由我否認，強迫掠美！好笑的是舍下戶長，眼氣我一介小民，居然文章不斷見報。他心生不平，起而效之。他的文章寫得如何，姑且不論，錯在他不該給自己取個筆名叫：「大官」，篇篇被退稿！這就應了《聖經》上說：「上帝抵擋驕傲的人，賜恩給謙卑的人」了吧？幸好他見風轉舵，知錯快改，才得到了文稿被用變成鉛字的「喜樂」。

稱呼什麼好?

相傳古代有一位叫「諾亞」的誠實人，他遵照上帝指示，製造大方舟以避洪水。上帝為了使世上各種生物，在洪水過後仍能生存綿衍，下令所有的生物各一公一母登上方舟。當牠們排隊上船的時候，上帝一一叫牠們的名字：這是「大象」，這是「松鼠」，這是「綿羊」，這是「小兔子」……。

挺好玩的，不知可有誰研究過，人類彼此的稱呼，是那位先知全能決定的？幼兒初吐音語，「爸爸」、「媽媽」模模糊糊不甚清晰，於是這兩種語音，便成了與他最初生命中親密的男人，和女人的稱呼。但其他親輩、尊長、朋友的稱呼，最初都是誰制定的呢？很有興趣的問題！

無可諱言，人與人之間，稱呼很重要。處於目前人際關係越加複雜的時代，適當而有禮貌的稱呼，可以增進社會和諧。我常在招呼人的時候說：「對不起，這位先生」，或「這位『小姐』、『太太』請問您——」，這樣不論打聽地址，探問事情，都能得到友善的回應。

朋友之間，比我年長的，必稱他大哥、大嫂、大姊，很不習慣直接叫人家名字。長輩更是照禮節問候。我們家裡，年幼的從不敢叫年長的名字，我的弟妹提到我總是：「我二姊……」，我們孩子自然是叫先他出母腹的為「大哥哥」、「二哥」，絕對不像洋人連父母也直呼其小名，但外國人夫妻之間的稱呼，就比中國好得多了。「蜜糖」、「打玲」、「笛兒」叫得甜甜的聽起來十分溫暖。

中國人對自己另一半稱呼，尤其丈夫對妻子，結婚之前儘管什麼「天使」、「女皇」、「皇后」、「親愛的」最好聽的字眼，都可以加在後來變成自己太太的女子身上，一結了婚就變成「賤內」了。也不想想原來是高貴的「女皇」怎麼嫁給了你，就變「賤」了呢？粗俗一點的還叫自己太太為「煮飯的」、「燒鍋的」，若生兒育女之後，更變成：「我家那個黃臉婆呀！」

當然，妻子叫丈夫「死鬼」也不好，叫「老公」也不合適，因為老公二字是指太監而言。大多數婦女稱丈夫為「我家戶長」、「我們先生」或「孩子的爸呀！」都不錯。丈夫儘可以對外人說「我家財政部長」、「內務部長」、「家務卿」或「孩子他媽」，為什麼非叫難聽的！而現在年輕的一代，受過高等教育，婚前婚後一般習慣互相叫名字，倒簡單。

在一次文藝團體南下訪問參觀的車子上，同行的文友老少兼俱。年長的叫我「小民」、「小民妹」，年輕的叫我「小民姐」、「小民阿姨」，一位文友帶著小孫女兒，我給她一個橘子的時候，她說：「謝謝小民奶奶」。就在一個車上，一個人竟然有這麼多稱呼。我常想，每種稱呼下，我不知被託付了什麼使命？每聲呼喚，又包含了些什麼期許？

—何必稱「先生」—

聖誕假期，出席青年寫作協會舉辦的「女性文學研討會」。第一堂討論徐鍾珮女士的散文，論文撰述者爲今年榮獲中山散文獎的鄭明琍女士。無疑兩人都係國內寫散文好手，故亮軒先生講評的時候，首先推崇鄭明琍「女士」論文寫得精彩。又讚美鄭女士獲獎散文集《教授的底牌》，文筆優美，亮軒說曾一讀再讀。

說到徐鍾珮女士大作，亮軒則以「先生」稱之。想是由於文壇習慣對成就高之前輩女性，稱以「先生」表示尊敬。如蘇雪林先生、謝冰瑩先生。既然亮軒對徐鍾珮也稱先生，當然含有相當敬仰的意思。

座談會討論熱烈，都是男生發言較女生多。這本來不足爲奇，女生一向被認爲「長舌婦」、「多嘴婆」；可是在公眾場合都嚇得約束自己，不到緊要關頭還是噤聲爲妙！但有些問題，實在想提出來討論，比如邵夢蘭校長聲稱她一向不喜歡別人當她是女性，「校長先生」是她最喜歡的名稱，我卻不以爲然！因爲造物者既然造男造女，就安份做女人也沒有什麼不好，好些咱們女人能做的男生未必勝任咧，何必妄自菲薄？

適在此時，一位輔仁大學女學生發言，就針對「先生」的稱呼提出疑問。說得也對，爲什麼男生不論販夫走卒，或達官顯要都可稱之爲先生；女人必須有高成就大名望，才能借男人的「先生」來榮耀自己？

其實自古以來，男女稱呼一如男女地位，都處在不平等男尊女卑的情況下。先以夫妻稱呼來看，女人叫男人不外：「當家的」、「孩子他爹」、或呼他名字等。男人叫女人就不同了，尤其對外人說到自己妻子時，常聽見的是：「我家那個黃臉婆」、「我家那個煮飯的」、甚至叫「賤內」表示謙虛。男人不想想若不是嫁給了你，給你充當無薪（有些職業婦女還自帶糧餉）老媽子，忙得無暇修飾整容，那會變成「黃臉婆」？又爲什麼好好一名女子，嫁給你就變「賤」啦？那你自己也「貴」不到那兒去！

再說社會上叫什麼「先生」、「太太」、或者「夫人」，對女性也不大公平，那個「太」字不像大人下一「點」者嗎？夫人不更是沒有獨立人格而是附屬於「夫」之人了？寃哉！

盼望女性們爭氣點，以做「女士」爲榮，不希罕那個「先生」吧！女士當自強，何必稱「先生」！

紫色迷

常被人盤問：「爲什麼妳最愛紫色？」

也說不上來，難道喜歡一種顏色，非得有理由嗎？好看、漂亮、美，都是理由，也都算不上理由！

我最愛紫色，應該歸諸與紫投緣。要不，我怎麼一見紫色的東西，就忍不住歡喜！無論何時何地、心情或好或不好、口袋寬裕或短絀、運佳或運壞，只要眼前出現紫色，便立即感到舒暢，感到快樂！

在大自然色調中，各種顏彩都有其獨特的美。紅熱情、綠怡人、藍和平、黃安寧，我並不排斥任何彩色，我只是對紫情有所鍾；深紫淺紫、紅紫藍紫、灰紫粉紫，只要是紫色系統的，我便覺得順眼。中國婦女衣著，早年講究的是：紅到三十綠到老。就是說紅色宜於少女少婦，三十以上最好穿綠色。但是紫卻不管老少皆相宜哪！

倒不因《聖經》上說紫是尊貴的顏色，我偏愛紫，只因爲紫適合我，紫色服飾使我感覺自在而已。卻想不到因爲紫，帶給我許多幸運，難忘的親情、友情，因爲看見「紫」便想到了我！愛紫成癖，教許多熟與不識的朋友，看到紫便想到我，這也是一份紫色的收穫吧？

又到了紫色流行季節了！

百貨公司、服飾店，紛紛陳列出紫色衣物。當我路過換上紫色時裝模特兒櫥窗，總是欣賞再三捨不得離去，甚至躭擱了趕路的時間！

紅黃橙綠藍靛紫，紫居眾色之末。正符合我小民身分：敬陪末座呀！

紫色耶誕樹

「媽！快瞧這棵紫色的聖誕樹！」

我正陶醉在汀洲路金石堂書店，定睛會神在一排排書牆書陣中。由軍中放假回來，陪媽媽逛街看電影的多兒，忽然一聲歡呼。我轉頭望過去，嘩，眞的，一棵美麗雅致的紫色聖誕樹，好看極了！

好看極了！我心頭湧出無限讚嘆。是誰如此巧思，想出以全部深淺紫色塑膠尼龍原料，來做今年的聖誕裝飾，及新穎可愛的聖誕樹呢？樹上的飾物也別致極了，除掛幾顆金亮的圓球外，只配上純白紗質蝶形花。那紫，正是暖和系列微微帶粉紅的紫，是情人口中心底紫色蜜夢的紫。樹的尺寸約有一人多高，不大不小。白色底架，又潔淨又高雅。樹上花飾也不多不少，白紗蝴蝶或展翅，或合翼，都顯得十分飄逸。啊！我從來沒見過這麼美，這麼可愛的聖誕樹！

「喂，請問這棵聖誕樹多少錢？」

多兒見媽媽歡喜得很，連忙跑去問店員。他一定想買來送媽媽吧？可惜店員小姐回答他不是要賣的。紫色聖誕樹原來是非售品，與天花板、樑間吊掛的紫色圈環一般，是屬於書店及金石堂其他連鎖店，及服裝用品店、食品店等店中的應節裝飾。據說，這一系列紫色裝配花了不少錢，聘請美工人員設計訂製的哪！難怪別處看不到！

紫年行大運。今年正逢紫色在流行，您可見滿街服飾店那些紫色時裝、紫色飾品嗎？甚至男裝店也設計好些紫色襯衫、毛衣、長褲，搭配得既調合又藝術。唉！總算獲得廣大的紫色同好。雖然無法將紫色聖誕樹搬回家，但知天下有這麼多也愛紫色的知音，已覺得欣慰。何況，買回家究竟只供自己家人，及少數親友觀賞，在店裡，不是帶給更多的人美的享受，節日的歡欣嗎？

不管信不信基督教，即使鐵幕的國家，也抵擋不住每年臨到十二月，打從人內心深處發出慶祝佳節的願望，「聖誕樹」就是代表，它表達人們由自然界一棵樹，看見了天上父親，「神愛世人」的心意。充滿了溫馨和平，告訴我們人類要互相關懷親愛，如同手足一般。因我們出於一位造物主，世上不分種族，全是祂喜愛的小孩。

我曾見過許多不同形狀的聖誕樹，當我去歐美旅行，看望孩子的時候，到了十二月，幾乎無論鄉間城市，到處都佈置著閃亮燈球的聖誕樹。黑夜驅車經過住宅區，許多家院子裡也裝飾著聖誕樹。有一年，在暮色中特別冒著寒風，乘車到白宮一睹螢光幕上久仰的大聖誕樹。豪華、高大、彩光四射的聖誕樹，另有一種莊嚴氣象。

孩子們還小的時候，我總是會爲他們佈飾一棵樹。有時是眞的小松樹，有時是塑膠樹、羽毛樹。即使只是一棵小小的樹，但到了十二月，聖誕樹就爲歲末年終增添許多溫暖，也給三個小男孩童年記憶，留下難忘的，甜美的回味。

如今，我的小男孩已經長大了。我們也由寬敞的日式獨院平房，遷居到人口眾多的臺北公寓，我仍然會在聖誕節，佈置一棵樹。但已變成用朋友寄來的賀卡，連結而成的壁飾樹了。

「沒有」的好處

夜深人靜，突然有人按門鈴。是誰呢？都快十二點了，這麼晚會有誰來？隔床的老伴喜樂早入夢鄉，在他耳畔打雷他也聽不見。只得自己下床到客廳，拿起對講機問他那一位？電眼映像一位男子，粗粗的聲音有點生氣的回答：「我是你們後面巷子的鄰居，是不是你們的汽車停在我家門口？」

原來又是停車的糾紛，連忙對他說：「不是！我們沒有車子。」樓下門外那男子說了聲抱歉對不起，又喃喃自語：「是那個沒有公德心的車……」

我覺得好痛快，雖然半夜被吵醒，我們沒有車子，沒有停車的麻煩，任何與車有關的糾紛，都不關我們的事！平時出門辦事，儘量搭公車，安全可靠。趕時間就坐計程車，到了地點付了車錢，拍拍屁股就走了，用不著爲停車地點煩惱，多好！

就像前一陣子，國內股票大幅滑落，有人面帶同情的問我：「怎麼樣？被套牢啦！」起初我還不懂什麼被套牢啦？後來才明白是指股票而言。我很詫異的問他爲什麼說這種話，我從來未曾買過股票，股票行情漲落與我何干？

眞格的！對於什麼大錢生小錢的玩意兒，我們全家都一竅不通。每次看電視新聞，播到股市行情，不是轉臺就將音量轉小。我們不懂啥叫多少「點」？股票買賣爲啥叫「做股票」？僅知道若是有閒錢，有興趣投資，看中那家工廠公司的股票，就買點放在那兒生息。不明白爲何好多人成天買來賣去？每逢朋友在我耳畔訴說他們這一檔賺了多少，賠了多少，賣早啦，賣晚啦，聽著就滿累人的。好像他們不管賠或賺都在後悔。老蓋仙文友說得好：「玩股票都要住進後悔堂！」

雖然蓋仙兄自己也「玩」，他一定也知道那不是「玩」而是「賭」！確實有靠股票「發財」的，蓋仙大兄如此說。我說：「發了財也長不了，錢來得快去得也快！」「呵呵！妳說得挺對！」——蓋仙兄笑咯咯的說。我「沒有」股票，它漲它落不關我的事！不操心多好！

《聖經》上說：「你的財寶(錢)在那兒，你的心也在那兒！」我們這一家子傻瓜，永遠憑本事掙錢靠薪水吃飯。有一回朋友爲兒子還賭債，請我幫忙上個會，我考慮了很久，朋友有通財之義，上會我又實在怕麻煩，誰是會頭囉？誰標多少利息囉？誰又得了會跑掉囉？

問題多多。我對朋友說可以借點錢給她，什麼時候還都可以，但是我不上會！我「沒有」打會上會，可能失去大錢下小錢的機會，但我的心中平安沒有牽掛，小日子過得自在，量入爲出安貧樂道！多好！

小紫花兒的友情

「瞧！這小紫花兒，簡直開瘋啦！」

「嘩！小民眞會形容，她說花兒開瘋啦！」

多年前的秋天，有一回幾個朋友約好上花園新城看劉俠，那時她的「伊甸」還在夢中。她和爸媽住在姐姐買的別墅裡，臥室窗外一排排非洲紫羅蘭盆景，由粉紅到深紫，盆盆都有不同的花姿，都極好看。

可能山上空氣新鮮，花兒開得出奇茂盛，其中藍紫顏色的小花尤其開得好，眞像「開瘋啦！」——我只得如此說。長頭髮美麗的三毛，卻驚嘆我形容得妙！劉俠的母親見我喜歡，走的時候，就叫我自己選兩盆帶走，我當然選葉子最漂亮，花蕾最多的嘍！

小紫花兒讓我捧回十丈紅塵，捧到擁擠的臺北盆地公寓高樓裡，離開了它原有青翠山谷背景，擺在我小餐廳向陽窗檯上。可愛的小紫花兒，她依然興高彩烈的開個不停！

與劉俠家小紫花兒擺在一起的，還有一盆從太平洋彼岸，遙遠的異域帶回來的小紫花兒。一樣是非洲紫蘿蘭，不同的是單瓣及雙瓣之別。雙瓣的來自太平洋彼岸名叫達拉斯城市，此城因他們的甘迺迪總統被刺而聞名。我的文友「琴心」，卻因中國點心，中國菜而出名。

那是我第二次到美國，抵不過熱忱的友情呼喚，在回臺旅程中由美東繞道到達拉斯，享受了那兒春陽般的新交故舊們，豐盛誠摯的友愛。臨別時聚餐，琴心教會的姊妹合夥贈送我一個長方形水果蛋糕，及一盆雙瓣紫蘿蘭。我一路小心乘飛機換汽車將嬌貴的禮物帶回臺灣。

這遠道而來的小紫花兒，並不因水土不服稍減她的美貌，相反的益發繁盛不輟的綻放一簇又一簇，紫亮如絲絨般的花朵，葉子亦碧綠油亮！看見小紫花就如同又見到琴心甜美溫柔的笑臉。兩盆不同品種，同樣代表友情的紫蘿蘭，曾經伴我度過許多寧靜安祥的歲月，默默的分享分擔我生活中的歡悅與惆悵，我只是按時澆點清水，它們便不停的綻露花朵兒的美麗給我看！誰說植物無情意？

關於紫蘿蘭的記憶，還有很多很多，不及一一述及的就留著下篇小文中吧！

「見紫心喜」

我認爲所謂「吉祥」，是見了那一種東西，心頭感覺歡喜。心頭歡喜精神好，精神好諸事順遂，凡事如意。

比如我喜歡紫色，曾在夢中看見紫色群蝶飛舞，醒來猶覺歡喜。而那一天，得知我榮獲文協散文獎章。

又有一次，我夢見陽臺紫色蘭花，突然全部綻放。大朵大朵的美齡蘭，紫得甭提多豔麗啦。醒來第二天大早，文友丘秀芷打電話說保眞的小說，得到新聞局優良書刊金鼎獎。

不久，一封紫色箋函，帶來睽別三十餘年，大陸親人還活著的喜訊。接著，我收到兩家出版社來信邀稿，要爲我破爛文章出版專集。當天郵差送來航空掛號信，香港某報轉載了我的文章，付我一筆不算少的美金稿費支票。又大陸一家出版社，也讓文友三毛傳信給我，他們「偷印」了我的書，稿費已存進中國銀行。而最讓我興奮的，是行銷全球的《讀者文摘》，轉載了我五篇懷念北平的小文。又過了不久，九歌出版社轉給我一包寄自日本的書，拆開一看，竟是印刷得十分精美，日文的《春天的胡同》。

這些我引爲吉祥的好事，跟紫色有關聯嗎？有的。原由三十多年前，我親愛的母親因病離世。她在病中爲我編織的最後一件毛線衣，就是紫顏色的。慈母手中線，遺留給女兒無限溫暖。每逢我穿上柔軟的紫毛衣，便感覺母親的愛在呵護我。我將這些感受和著對亡母的思念，寫成一篇篇小文，集成我第一本小書：《紫色的毛線衣》。隨後，我又有好幾本散文集，都以「紫」命名。

從此我對紫色發生無比的好感，添置衣物，購買用品，總是以紫色優先。甚至住屋牆壁、窗簾椅套，也都選紫色系列。久而久之，「紫」竟變成我的代表色了。連帶的，我對每一位身穿紫衣的朋友或路人，都會感到親切。至於老伴和三名男孩子，當然受母親感染，不得不在全家出遊時，穿上「紫」衣，行成一列紫色的隊伍。文友們更見了「紫」，便想起小民，紛紛以紫色禮物見贈。僅是林海音大姐，就送了我好些紫外套、紫絲巾、紫手絹兒、紫手提籃子，連何凡鄉長抽獎得的紫花毛巾，林大姐也留起來送給我。

您瞧，「紫」給我多少幸運，多少歡喜？所以，我以「紫」爲吉祥物——假如眞有吉祥物的話。

撇開吉祥不講，「紫」色其實也挺不錯的。雖然紅橙黃綠藍靛紫，「紫」色居末位，但並不表示紫不如別色。相反的：大紅大紫，「紅」過後歸於平淡的「紫」，是一種謙遜、一種平易、一種親切的象徵。自古以來，中國人一向以紫爲祥瑞的顏色，眾所周知：「紫氣東來」，就代表吉慶。散文作家林清玄，在他第一本大暢銷書《紫色菩提》序文中，就強調：「紫色是佛教裡最尊貴的顏色」。

帶給我好運道，使我享受無窮溫馨、美麗的紫色，在《聖經》裡也認爲是神聖並尊貴，而且包含了奉獻犧牲。

紫色這麼可愛，不知爲何曾親自烹調一桌席請我的文友水晶，最近在一篇〈紫色的誘惑〉散文裡，指「紫」不是正色，還說：「惡紫之亂朱」，非吉色。其實顏色吉與不吉，完全因人而定。誰說漂亮好看的紫，比灰黑更不吉利？水晶這人總是愛辯，他爲何不引用大家熟悉的「紫氣東來」？硬把紫色與同性戀、安非他命、校園暴力扯在一起，豈不太牽強啦，是嗎？

小魚缸裡的悲喜

多兒書桌上，有一隻長方形小魚缸。

小小的魚缸裡，飼養著多兒由他的學校，臺大醉月湖撈回來的小魚小蝦。這些原來並不起眼，沒花一毛錢白得來的小生物，養在透明清水中，水底一層黑白砂石，配著數根碧綠的小水草，小魚蝦游來游去不停穿梭，也構成了一缸悅目的動態畫面。

或許孩子成長改變他對世物的觀點，原來喜歡燦爛多姿熱帶魚的，竟以這一箱不值一顧的毫無姿色的小魚蝦爲滿足。從他四歲開始，二十年來，家裡沒斷過養小魚。也曾買過大型，電熱器、馬達，設備齊全講究的魚缸，也曾養過名種彩色豔麗的熱帶魚，曾不憚其煩的每日跑到市場爲熱帶魚買小蟲餵食，曾不怕花錢隔些日子請魚店代洗魚缸，但漂亮的熱帶魚和講究的魚缸，隔不多久仍和許多事物一般，不知不覺就淘汰了。相較之下，維持得最久的，倒是這最易養，最省事，沒花任何代價的小魚小蝦。它們無須加溫器，也不必電馬達，隨你撒點麵包渣、饅頭屑，羣魚和蝦便搶著爭食。若三五天忘了餵食，也不要緊，它們生命力極強，只吸取水中微生物，便可存活。

但是有一回，多兒大學畢業入伍當兵去了。我似乎一個多月沒管換水，也沒餵食，發現渾渾的魚缸內，只剩下一條較大的小魚兒。我萬分抱歉的將這尾碩果僅存的魚撈了出來，替它清洗砂石、刷淨魚缸，注滿清水。當我再將這條唯一的小魚重新放進魚缸兩天後，竟然有幾十條小米粒般的新生魚，跟在大魚後面，悠哉游哉的浮沈著。原來以爲這條碩果僅存的魚挺著大肚子是肥胖呢，不料它卻是一條懷孕待產的「媽媽魚」！

媽媽魚產下的小魚兒很快長大了，但是魚缸內又出現了一批小小魚。眞奇怪，初生一律灰白魚身的小魚，稍長竟有些變成金紅色尾巴了。多兒由軍中放假回家，才告訴我尾巴紅的是公魚。不久，我發現紅尾巴的公魚不但霸道，而且還追在魚媽媽後面，咬它的肚子，以致魚媽媽肚子被咬得血跡斑斑！又將魚媽媽再產下的小小魚兒吃掉，天下還有比這更可惡的魚兒嗎？我只得狠下心，將魚缸內紅尾巴全部驅除出缸，要不然，魚媽媽的命就不保了！

燈的演變

近半年，為我服務了半個世紀多的靈魂之窗，頻頻出現故障。先是疲倦，接著瘦澀，然後過敏——眼皮不時發癢，搓揉之後便疼痛。有一回，洗澡的時候眼皮癢，用毛巾擦搓，第二天雙眼竟腫得如透明的水杏！

跑醫院看眼科，查不出病源。好一陣子，不久又故態復萌；大兒子保健知道了，隔著地球在另一面，大聲嚷嚷：

「媽！我說家裡照明燈不够亮，特別是你書桌上的，快快換個好燈吧！」

越洋電話裡，兒子殷切關懷的聲音：快快換個好燈吧！在我心頭迴響不已。換個好燈，買什麼牌子才算好呢？電器行、燈飾店，燈的種類繁多，都強調護眼、省電。早先，認為日光燈不錯，後來又不行了，換成燈泡，燈泡顏色正，但是照久了會有灼熱感，尤其在夏天。

十月假日多，和喜樂趁逛百貨公司之便，特別到燈飾部看看。店員向我們推介一種太陽燈，說是新由美國引進來的。太陽燈？不就是日光燈嗎？我詫異的問。答曰不同！有什麼不同？太陽燈是百分之九十光與太陽光一樣的，絕對天然光線！不僅對眼有益，無形中使用者還會吸收到太陽燈光產生的維他命D。維他命D對人身體好，特別是小孩子。店員一口氣報出大堆好處，最後還加上一項：燈管壽命長，可用七、八年之久，合一萬多小時哪！

既然這麼好，咱們就買它一檯試試看吧？喜樂當然贊成，他一向以花錢爲人生目的。付款時才知道比一般檯燈貴好幾倍，一檯書桌用的太陽燈要新臺幣兩千多元，店員都包起來了，再嫌貴不買，也不好意思。

太陽燈拿回來了，喜樂打開包裝，放在保眞書桌上立即接上插頭，燈開了，一縷柔和的光照射出來，除了感覺較其他燈光安定外，我身上紫色衣服，也跟在室外看起來色彩相同，很正點了！不像日光燈照物偏青藍色調。這時，我突然想起不久以前，看見報上登的太陽燈廣告：「太陽燈很貴，孩子的眼睛更貴！」說得也是，只要太陽燈眞如宣傳的一般好，兩千多元誰買不起？大人一桌酒席，足够給孩子買四五座燈呢，說貴也不貴！

然而，若跟我們幼年讀書時，所用的照明物相比，可是天淵之別！最早在北平，那時僅城內有電燈，城外鄉鎭一律點煤油燈。甚至路燈也是點煤油的，每天早晚有專人上油擦燈罩，再點燈、熄燈。煤油燈在室內熄滅後，瀰漫在空氣裡那種油煙味兒，久久不散。燈芯經常得修剪，太長會冒煙，長短合宜才有藍光，藍光明亮，紅光昏暗。

那時候多節省，屋子裡點盞燈，婦女做針線，孩子念書寫字，都靠一盞燈。隨後，抗日戰爭起，在大後方四川，為躲避空襲住鄉下草房，點菜油燈盞，三根燈芯算最亮了。偶而有客人來，或是什麼年節喜慶才點洋蠟燭，記得那時候用的蠟燭叫僧帽牌，我和姐姐最喜歡搶燭滴下的蠟油揑著玩。說也奇怪，早年昏黃燈光下讀書的孩子，很少有近視眼的，到底是什麼原因？誰知道！

中秋月圓

「中秋月圓」是去歲中秋佳節，年輕文友簡媜在信箋上，寫給我的祝福。一年易過又中秋，借做這篇隨筆題名，非常合適。

中國人是最重視節日的民族，尤其注重象徵團圓的中秋節。舊時代講究月圓人亦圓，藉這個節日，闔家團圓，吃罷豐盛的晚餐，在院子裡賞月，吃水果、吃月餅，享受天倫之樂。

秋天，正是收成的季節，各類穀物、農產品都在秋天成熟了。水果更是品種繁多，物美價廉。

度過了漫長炎夏，入秋以後儘管秋老虎依然灼人，但早晚已出現了涼意。苦夏即將消失，涼爽的秋天是四季中的寵兒。

秋天落葉，枯黃似金。美得驚心，令人不禁要詠嘆造物者奇妙！當一片綠林，在秋風中轉變成嫣紅似火時，美景當前，總會使你想起遠離身邊的骨肉至親。工商社會的現代人，最欠缺的恐怕就是團聚了！

幼年讀古詩〈望月懷遠〉：「海上生明月，天涯共此時」，自然而然的產生一種不甚懂得的鄉愁。如今領略到異鄉遊子，到了秋天，看見明媚皎潔的大月亮，那一番舉頭、低頭之間，滿腹月圓人不圓的愁思。然而自己正行至人生中途，生命漸邁入秋季，當然不似年輕時多愁善感。而現在交通便捷，開放大陸探親，欲回故鄉亦非難事。

寫到這兒，電話鈴響了。原來是在美國的大兒子，收到母親寄去的香甜美味的月餅，特別來電話向媽媽致謝。說月餅盒寄到時，他剛好下班。肚子餓了正想吃東西，看見月餅立即吃了一個，十分過癮；還說爲了吃月餅，要泡壺好茶。

「餅是故鄉甜」，每次寄月餅時，兒子的老爸總是笑我多此一舉。他認爲美國的蛋糕、派和小點心，都不比中國月餅差，何必花那個寃枉的郵費？他那兒明白，兒子喜歡臺灣的月餅，因爲餅香中，有媽媽的味道！

但願人長久，千里共嬋娟。祝福海內外中國人：「中秋月圓」！

海灘上的沈思

文協舉辦北海一週那天，氣象預報將有大颱風光臨臺灣。體諒辦事單位勞苦，我們全家：喜樂、多兒和我三口子，決定冒著風雨參加。簽名報到的當兒，沒想到，頭天晚上還在電話裡說不來的夏元瑜鄉長，居然也來啦，喜樂跟我十分高興。

原來老蓋仙今兒早上，睡醒了睜開眼一瞧，窗外朝陽明亮，百鳥兒爭鳴，根本是個大晴天！所謂颱風豪雨，氣象預報全是「蓋」的！他便一骨碌翻身下床，匆匆吃過早飯，趕到文協來報到。隊友們對這位仙風道骨的「蓋子」大人，自是歡迎之至，大夥兒歡歡喜喜的分乘兩輛遊覽車啟程，看海去喲！

第一站是「野柳」，剛下車；老蓋仙便一馬當先朝海灘另一方向，海狗、海豚表演場跑去。等我們一群人遊罷歸來，快開車時，他老人家才撐著一把大灰傘，施施然的返回車上。

車子朝第二站「金山」方向駛去，車掌小姐應群眾要求，將麥克風交給老蓋仙，請他發表野柳遊記。他老人家也不推辭，拿起麥克風，不緊不慢的用他標準北京腔說道：

「各位朋友好，今天很幸運與大家同遊。方才車子到了野柳，小民抓住我，叫我跟她一塊兒去海邊。我想我這個又乾又瘦的老頭兒，若是到海邊給鹹風一吹，大太陽一曬，準保變成鹹菜乾兒了！

所以，我不敢去海邊，我到那邊室內水池觀看海狗、海豚表演。我去看表演比較安全，萬一海狗忽然跑上來吃人，也輪不到吃我這位瘦骨肉老頭兒。而且牠再一打聽，我原來是教書的，更不敢吃我啦，怕酸掉了牙！……」

老蓋仙詼諧幽默的談話，逗得全車暢懷大笑起來，齊聲說道不愧爲「老蓋仙」。在金山打尖休息，第三站是「石門」。石門怪石多，海風大，蓋仙和喜樂坐在小亭子裡，剝著落花生，別看他兩老沒有多少粒牙，吃得卡硼、卡硼的。白沙灣的落花生，又香又脆！喜樂說：

「眞是感謝上帝，今天原說有颱風，好些人嚇得不敢出遊，咱們才得安安靜靜坐在這兒看風景。否則星期假日，那個海邊不是人潮勝海潮？這些年，臺灣人民生活富裕了，都注重休閒活動。」

「可不是嗎，您和小民星期天不是要進教堂，做禮拜嗎？怎麼今兒個向上帝請了假？」

老蓋仙取笑喜樂。想起他老人家對宗教的看法，許多觀念還眞難得！記得在他第一本寶貝書《老生閒談》中曾說到〈形形色色的教會〉，非常幽默又正確的指出，基督教若干傳教者，及信徒們那些行爲合符《聖經》眞理，那些行爲就違背了《聖經》教訓。那篇文章還是民國六十三年寫的。距今已有十三年之久，他寫那篇文章時，曾經批評有些教會禱告連哭帶唱，吵擾鄰居。他看《聖經》裡說，耶穌並不愛人大聲禱告，那是法利賽人才在聖殿大聲祈禱，爲自個兒丑表功！他也看不起找不到工作，才做傳道人，假借信教不去工作，遊手好閒之輩。

淡海遊樂區的落日，被浮雲掩住了。海水更藍，白浪滔滔，海中帆船奔波，雄壯的馬匹踏浪而馳，奇景矣！多兒惋惜未帶泳裝，蓋仙大人說該帶個躺椅，偶然星期天到海邊開闊一下視野，沒去教堂不算犯罪。那些打著什麼教會旗號，集眾遊行，甚至打人的，才犯了大罪。

「上帝叫你打人哪？你要信上帝，該知道上帝吩咐你挨打不是打人！那有『打人教』？簡直胡鬧！根本就是造反嘛！那兒是基督教？任何派別的基督教，都是在教堂裡勸勉人離惡向善，古今中外，沒聽說信教的跑到街上，集眾遊行擾亂治安的！胡鬧！」

看了一天的海，回程車上，耳畔似乎聽見那首臺灣調：「海岸線呀！長又長……」在人生旅途上，我們有幸生活在自由民主政權下，安定享受四季風景。自由信仰上帝，知道一個純正的宗教，是使人體驗殘缺生命，復原更新後的喜悅感，不求金錢名利，更不可被利用做爲野心份子的工具！

所謂信、望、愛，即：

凡事包容。

凡事盼望。

凡事忍耐。

走上街頭，集眾滋事，不僅羞辱主名，也使得每一名耶穌基督的信徒同感蒙羞！

——賀卡寄温情——

又到了賀卡銷售的旺季。

文具店、禮品店、百貨公司貨架上，及櫥窗內，都讓出顯眼的地方，迎接一年一度的卡片季。各種格式：古典的、新潮的、中式的、西式的，或鮮麗或素樸，或昂貴或平價，花樣兒多彩的賀卡，出現在市面上的時候，總會令人感到這世界，一下子便五彩繽紛起來！何況，與卡片同時上市的，還有那紅紅綠綠的聖誕裝飾、聖誕樹……。

一紙卡片寄溫情，年終歲暮，寒風中誰不對親情、友情的懷念？繁忙生活節奏下的現代人，平時多缺少向親朋好友致意的閒暇，趁著一年將盡，新歲尹始之際，送上代表問候祝福的賀卡，多麼富有人情味兒！另外許多店鋪、商號、公私機構，也會印製一些專用賀卡，寄給老顧客及常有公務來往熟人，借此聯絡感情，增進社會和諧。

秀才人情一張紙的賀卡，常常能表達無限情意。但是寄賀卡也有一些學問，比如呈送長輩的，宜選詞句莊重，花色大方者，寄晚輩不妨活潑一點。若是情侶愛人，當然要漂亮妍美帶點兒芬芳味的好啦！普通朋友只要賀詞懇切，適當便可。如果是寄給遠地久不通訊的友人，最好在卡片上寫幾句話，問候一下，也將自己近況，簡短的告訴對方，表示互相關懷。最沒意思的，就是一個字不寫，除了寄予人稱呼外，完全是印好了的字，連寄卡人的大名，也印好了，簽名都不必。這種卡片，不如別寄還好些！

每年我都收到許多賀卡，這些來自世界各地的卡片，貼著不同國際的郵票，也將不同國際的風光特色帶到眼前。鄉土味十足的，是本地設計，卡面金色「平安」兩個字，襯以大紅卡紙，悅目且喜氣。人所需求的，不就是平安麼？平安就是「福」！

打開賀卡，立即流瀉出一曲聖誕歌兒，是新近發明的有聲卡片。以往只有歐美才有，國內仿造成功後，價格便宜許多。我接到第一張有聲賀卡，是唱著「生日快樂」的生日卡，可是我更喜歡「聖誕鈴兒響！」的卡片，使我憶起溫馨的童年，與家人年節歡聚一堂的快樂！

也有講究的卡片，根本就是一本小書。它不僅爲你帶來年終歲首的祝福，一年之中十二個月，都有不同的祝詞。收到最多的是聖誕樹畫兒、各種型態的聖誕老公公、馬槽聖嬰及穿著大袍子，柱著拐杖的東方三博士、吹著號角報佳音的小天使、銀色雪地雙鹿拉車……不一而足。每當這些卡片接踵而來光臨我家信箱的時候，也就是綠衣朋友最忙碌最辛苦的時候！而每回打開爆滿的信箱，捧著大疊卡片猶如擁抱許多友情，心底便默默的感謝綠衣朋友的辛勞！新歲開始，這些卡片便會連成一棵樹在壁上，高大美麗，使我的寒舍陋室因而富麗溫暖，又親切舒適啦！看見卡片樹，便不由得感到天上人間合一的美好！

一春風解凍・和氣消冰一

我有一位會說故事的大舅舅，小時候，最愛聽大舅說故事。每次大舅由母親娘家，代表姥姥來看母親，我們幾個小娃娃就拉住大舅，不肯放他回去。到了晚飯後，娃兒們齊集大舅睡的客房裡，點一盞煤油燈，排排坐在炕沿上，聽大舅說故事。

我的大舅是淳樸好學的讀書人，滿腹詩書，學貫中西。母親常以大舅爲榜樣，教導我們說：「學學你大舅，人家唸書的時候，可是連英文字典都背下來啦！」

母親說得不錯，大舅就是這麼用功。他不僅讀書認眞用功，做任何事都認眞，連給我們小孩兒講故事，也一點不馬虎。他講的時候，總是先閉一下眼，然後用不疾不徐的語調，先將故事發生的地點、背景，交代清楚。所以，無論是中國故事，西洋故事，小孩兒都聽得津津有味。弟弟們喜歡聽大舅講：「辛巴達七次航海」，女娃兒們則愛聽：《天方夜譚》的「神燈」，但所有的故事中，最令人難忘的是：「君子國」的故事。

大舅說「君子國」發現在宋朝，一位縣官便服調查民間生活。走迷了路，不知不覺走進一座祥和溫馨的小村莊，村裡面洋溢著無限和樂的氣氛，人人是禮讓謙和的君子。村裡的大人有的務農，有的經商，各人都爭著將好東西分給鄰居，互相尊敬，彼此友愛……。情節有趣極了！

「君子國」的故事類似〈桃花源記〉，這是我唸中學時，在國文課本中，讀到〈桃花源記〉才聯想到的。編故事寫文章的人，一定含有某種期許，寄望讀過桃花源，聽過君子國的同胞，能由中得到一點啟示。尤其生活在這個美麗的寶島上，同享自由民主的同胞，千萬要學學君子國，大家撇下自己的私心、成見。想想無論本省人、外省人，大家都是黃帝子孫，都是同一血源歷史的中國人。要團結起來，共同締造進步繁榮的大家園。

常講「唇齒相依」，牙齒跟嘴唇還免不得摩擦呢，人與人之間意見相左也不足爲怪，只要大家同心爲國，正如我大舅強調的一句格言：

「春風解凍，和氣消冰。」

《聖經》上說：「愛是恆久的忍耐，又有恩慈。」

願新的一年，人人以恩慈相待，和和樂樂團結在一起！

又見日曆本！

看見出版社送來一九九〇年「荒漠甘泉日曆手册」，驚覺一九八九年已到了尾聲！這一年過得好快，案頭幾本八九年新日曆本子尚未動用，這些日曆本，有文化機構如出版社、報館、雜誌社贈送的，有朋友遠自海外寄來的。型狀大小不同，卻各有可愛之處。使我捨不得隨便轉贈出去，又無法一一利用。現在想想，多麼像這一年寶貴的光陰，我不善加利用，轉瞬就白白過去！

記得少年時，每逢一年將盡，必大發熱心立下志願：「昨日懶習隨時間過去，明日光陰待我去努力！」等不及放寒假，便將用過的筆記本，習字簿送進廢紙簍。或看見廚房生火，趕快送去引火。因爲字寫得太難看了，早早燒掉以免被母親大人當爲罵我不用功的憑據。第二年，新簿本發下來，開始還認眞寫，新筆記本也用心記。過不多久，就懶病復發又馬虎起來，再等到年底才去後悔。年復一年過去，人漸老大而懶習依舊。總是有很多藉口來爲自己不用功掩飾，結婚生子以後，藉口更多。殊不知若堅持求知上進，再忙也阻礙不了。任何環境都能抽出讀書、記筆記的時間的。

我常羨慕天天寫日記的朋友，以及按日記的流水帳的主婦。多少寶貴資料留在她們日記本、家用帳簿裡，以供日後幾十年後查考，彌足珍貴。甚至還可以當成寶貴遺產，留給後代，假如日記本無不可爲他人，甚至自己親人看的話。假如在日記中，將自己當時感觸、是非論判，及克服困難面對挫折的心得，切身經歷寫下來，更足以讓後代從中獲得鼓勵、引導。想想，寫日記的好處實在不少。

從前，要用日記本必須花錢到文具店購買。現在坐享贈送而來的漂亮又附日曆的本子，有攜帶方便且附帶記親友電話通訊頁者，有面積較大讓您多記一些資料者，更別緻的如道聲今年最受歡迎的：「荒漠甘泉」日曆手册，配合年節時令每日一篇短文，其空白處最適合忙碌的現代人，匆匆記下當日要事，設計得甚好。

傳播快樂

幾天前的一個早晨，天色灰暗。似落不落的小雨，令人感覺心情也陰沈沈的。已經九點多了，例行家事做完，三份報翻閱了一下，副刊無吸引我讀的文章，社會版太多讓人氣憤又難過的新聞，不看也罷！心情無端煩燥起來，坐在書桌前，攤開稿紙一個字也寫不出來。唉！擲筆嘆了一口氣。換鞋撐傘到市場走走吧！

家後不過百多步，便是芳和超市。今天原本不需買菜，爲了散心進去逛逛。芳和超市係由原芳和市場幾家攤販出資，臺北市政府輔導的超市。舉凡水果蔬菜、生鮮魚肉、糖果點心、化妝用品等等生活所需一應俱全。其清潔衛生，經營管理方式，完全比照歐美各國的超級市場，只是稍小型而已。

這天因非星期假日，時間又早，顧客稀少。超市通常下班時刻，供給主婦兼辦公職業女性採買。上午購物者不多，我獨自漫步在清潔的超市，品味各物的芳香，觀賞彩色繽紛來自世界名產與佳美鮮果。平時，我向友人介紹自己住處時，喜歡開玩笑說：「我家有個大冰箱，和儲藏室，就是芳和超級市場。」

因爲太近了，家裡來了不速之客湊菜，或臨煮飯時發現缺點什麼？到芳和市場走一趟，來回只須十多分鐘。多近呀！而此時，當我面對僅一兩位顧客的偌大市場，確有「我家超市」的感覺！

順手選了一把翠綠菠菜，又拿了兩塊冒著熱氣的豆腐放在籃子內。走過乳品部，看見各類鮮奶都降價了，又取了兩瓶低脂肪鮮乳，便去算帳。年輕的收銀女孩，瞧了一眼我放在櫃臺上的籃子，小嘴笑成弧形。她一面打計算機，一面笑。打一樣笑一下，向我說貨款共：「七十元」時，擡頭看著我，美麗的小臉笑成了一朵花！

我提著幾樣食品朝回家走，心頭充滿莫名的歡樂，天依舊陰暗，心情卻非常好。因爲收銀女孩的笑容如陽光溫暖，將快樂傳播給每一位跟她相遇的人。

——樂在其中——

基督教南京東路禮拜堂，生活講座邀我談談「生活的情趣」。我以過來人經驗，告訴在座的朋友們，說我的生活情趣很簡單，不外是讀書和寫點小文章。

的確，生活中情趣非常多，諸如唱歌、繪畫、栽花、旅遊，甚至服裝設計和烹調，有興趣的人，都能樂在其中。但我認爲最便利的，莫過於讀書，或者從事沒有負擔的創作投稿之類。

說沒有負擔，是指我這般以寫作當成專業外，一項榮神益人的行爲。基督徒們都知道，做人要：「以愛心說誠實話」，寫文章也是。只要我們所寫的多少有些建設性，以自己心得和感動，分享別人，文字是否用得够美好，詞句漂不漂亮，並不太重要！

我的專業，其實不算職業。一個家庭主婦，既無薪給又無好聽的名稱。工作繁瑣，做得好看不出來，稍稍怠工全家大亂。最可憐的是沒上下班之分，日夜當職——您幾時聽過「太太」、「媽媽」下班了的？我只能在帶孩子、家務及休息夾縫之間，抽空看看報紙新聞、文藝副刊，閱讀一些陶冶性情的散文、詩、小說等書籍。

閱讀久了，遇見自己得意或失意的事，很自然的，想寫出來。最初也沒抱什麼使別人由我的小文章中，得到幫助，更不敢存造就他人的妄想。只是由於幸運，第一篇紀念亡母的文章變成鉛字，我得到莫大的鼓舞。還記得當時看見「中央副刊」上，居然將我悄悄投寄的破文章，竟一字不少的刊登出來，歡喜興奮得見人就宣告。

那時候，家住臺南，我家訂的報是「二中」，《中央》與《中華》。鄰居同鄉大姊亦愛好文藝，喜讀文藝副刊。她家訂的報是：「二華」，《中華》與《大華》。平時，我們交換副刊。這天她等不及向我借「中央副刊」了，跑到中正路搜購了十份《中央日報》回來。這位鄉姊在我剛起步學寫文章，給予我極大的鼓勵。我永遠難忘，兩人抱著孩子在鳳凰樹下，交換讀閒書心得。那種佳文共賞之樂，無可比擬。

第一次收到稿費單，是一張本色粗紙印的領稿費單據，寫明作者作品發表日期，稿費數目，只須作者蓋章便可到《中央日報》辦事處兌現。但我驚喜得不知怎麼辦才好，先把稿費單放在梳妝檯上，又拿到客廳長桌上。喜樂調侃我說最好配個鏡框，掛在牆上，免得向人報告了！

基督徒都明白，神助自助者。上帝爲我開了這扇門，將我由狹小封閉的家庭「煮」婦，提升到與廣大讀者心靈溝通，我由「坐」家一變爲「作家」。並擁有學識、地位高我許多的讀者。自第一篇文章見報，我竟欲罷不能，繼續寫了許多小文。雖然我寫的都是生活隨筆，家人孩子、朋友們的瑣事，似乎沒有多少價值。美國電視節目最受歡迎的：「天才老爹」，不也是家庭孩子們的瑣事嗎？何況小文章有時常含大道理，只要讓讀過的人會心一笑，別人沒負擔，自己也沒負擔，這樣不是很好嗎？

寫文章另一項收穫，就是帶動全家學我寫文章投稿。說見賢思齊，其實是眼紅我又有稿費又有讀者。先是戶長喜樂認爲我那些淺陋的軟性小文章，竟然受歡迎，他那些有見解，有學問的硬性大塊文章，豈不該搶著要嗎？我既叫「小民」，他當然是「大官」了。可惜他忘了上帝阻擋驕傲的人，賜恩給謙卑的人，大官的文章一篇也沒見報。倒是他後來取自《聖經》金句：「常常喜樂」，以「喜樂」當筆名，投稿命中率不錯。還蒙《郵購雜誌》、《綜合月刊》給他闢了個喜樂專欄。《大華晚報》「淡水河副刊」主編也邀請我和喜樂合作，每週六見報的「無所不談」專欄。不久，我們一系列懷念故都，文配畫推出。《喜樂畫北平》、《喜樂文集》，相繼出書。眞應了他的筆名，他可「喜樂」了！

另一個起而效法的，是排行老二的保眞。保眞文筆原不如他大哥保健好，字也寫得難看。但他比較熱情，關懷社會，忠愛國家。所謂言志載道，正是保眞從事文學的理念。一方面是媽媽身教，同時基於對文學的喜愛，十九歲便開始寫小說發表各報副刊。老二文章頗得文壇前輩讚許，連獲國內外各類獎項。後生可期，娘不如兒矣！

老三保康乳名「多兒」，生活在全家爬格子環境裡，耳聞目染，有時也自動或被動作文章。但他熱愛科學，寫得不勤。最喜歡親自去郵局領稿費了，他說是意外之財。

細水長流的寫隨筆，不覺已二十二年，也出過或編過幾本很熱門的文集。常常遇見陌生朋友向我提起，他或她買過我那一本書。有時還碰巧我的書正握在那人手上，或手袋中，請我簽名。唉！我總是感覺歉然，害人家破費花錢了！但想想也問心無愧，至少我的作品能給讀者一份溫馨的關懷，和生命主的祝福！即使文章寫不怎麼好，我還是樂在其中。

—還是反璞歸眞好！—

搬到新居不久，有一天三毛來訪。無意間提及搬家公司工友，粗心大意，將我一架用了二十年以上，寶貝電唱機，碰斷了一隻腿。電唱機式樣原本老舊了，像個小櫃子，再斷掉一隻腿，擱在新房什麼地方都不行，只得忍痛請搬家公司工友，擡走丟掉！

丟掉很簡單，我跟三毛說，要再買一臺有大唱盤的就難啦！跑遍臺北賣電唱機的店鋪，一律只有放雷射唱片的，所有電器店，全部是「新產品」音響！偏偏我保存了幾十張好聽，又富紀念價値的大型舊式唱片。還是我的大兒子保健，在臺南一中讀書，當學校樂隊隊長時代，用他的零用錢，一張張買回來的呢。每當我覺得無聊，或有什麼煩憂襲上心頭，我總是讓兒子的唱片放出優美的鋼琴曲、小提琴、小喇叭及一些好聽極了的聖詩，爲我消愁解悶。

三毛聽了我一番話，不聲不響的在當天晚上跟她弟弟端來一架電唱機，正巧是大唱盤。

而且還附帶收錄音機。

三毛說她這臺電唱機，是她們家裡的老古董。雖然幾乎全新沒用過一兩次，但她弟弟們新買的電唱機音響，都是放那種小小薄薄磁碟唱片，這種大傢伙早就沒人問津了！正好送我接收。

什麼叫雷射磁碟唱片？我眞是搞不懂！現在科技進步，不一定給人更便利的享受。而且，太便利了，也失去許多情趣！

三年前，保眞還在瑞典的時候，他在越洋電話中，興奮的說：「媽媽，今天黎比用電腦傳了一封信給我耶！」

黎比是保眞在美國柏克萊大學的指導教授。保眞私人專用電腦，性能很高。但剛到辦公室，打開電腦就出現一封信，確實使人驚喜！我卻覺得電腦傳信總是沒有眞正的信函實在可靠。信函可以裝進抽屜、可以隨身携帶，依賴電腦裡傳話的信，快則快矣，一旦沒有電，或沒有那臺怪盒子，還有什麼可傳？

我對太新的東西，多半抱著敬而遠之的態度。大兒子由美返臺省視父母，問我要買一個微波爐回來不？他話尙未完，我這邊連說三個「不」！任他強調微波爐有多少好處，烹煮食物多方便快速，我就是不喜歡！因爲我見電視上示範微波爐燒菜，手續也挺麻煩的。還得經常仔細擦得十分乾淨，也不知將來會不會突然宣布有輻射傷人，又滿貴的，我何必花大錢找罪受？何不守著老式煤氣爐、電爐，得心應手煮出食物菜餚一樣美味可口。

多年前遊香港，朋友力勸我們買回一臺做餃子皮、麵條的機器。那東西體積不算大，可是很有重量。老遠搬了回來，總共沒用五六次，堆在櫥子內丟之可惜，留之不用，形同雞肋！爲什麼？因爲手續不比原始大碗和麵，木棍擀皮兒省事。用過後，還得花一番功夫清理機器。以此類推，什麼打蛋器、打果機、削皮機、洗碗機、烘碗機……能不用就不用。我覺得生活越簡單越好！過於站在時代尖端，節省點人工，反而累心耗精神，我不喜歡！

愛是不做害羞的事

日前收聽新聞，得知馬曉濱和他的犯罪夥件，三人已於當日凌晨執行槍決。我心中非常難過，哀傷惋惜得以致食不下嚥！

對於馬曉濱的身世，我和臺灣其他居民一樣，都是由他犯下擄人勒索之罪過，而被捉到後，自傳播媒體報導中，得知他原係由大陸投奔自由的青年，經救總協助來到臺灣。我相信救總一定輔導他就業，他卻同人合夥擄人，妄想獲取不義之財，竟致斷送了自己年輕寶貴的生命！

我為他難過，是因他在大陸尚有高堂老母。相信老人家一定盼望兒子，投奔自由脫離共產鐵幕後，會有光明遠大的前途。至少她祈望兒子到了經濟繁榮的臺灣，可以安份守己找一份工作，接濟大陸親人。萬萬想不到她的兒子竟做了綁匪！馬曉濱實在不孝！

馬曉濱被捕後供稱，因需款給將結婚的妹妹買陪嫁才擄人勒贖的。此話乍聽似包含動人的兄長手足之愛，但：「愛是不做害羞的事。」他爲何不三思以擄人得來的錢，即使給他妹妹買再多的嫁妝，也增加不了妹妹的光彩，誰願有個不務正業做綁匪的哥哥!?

我們由電視上看見，馬曉濱和另外兩名唐姓、王姓青年，都是年輕力壯好腿好腳的青年，只要肯努力，從事任何行業都會有成就，偏偏利令智昏幹此綁人勒索的勾當。當此正值臺灣治安惡化，亂世必用重典以保社會安定。他們三人處死刑雖然於心不忍，尤其馬曉濱的妹妹，趕來臺灣爲兄四處求情，替兄跪拜認罪聲淚俱下，任誰能不爲之同情，但一家哭強勝一路哭，想想被害被綁票的，如陸正和他的父母豈不更無辜，更値得同情?總之正如《聖經》上所說，「諸般勤勞皆有益處」，只要勤勞年輕人不怕沒錢用呀，爲什麼冒險犯法斷送了寶貴性命。都是貪財害的。寫到這兒，我又想起《聖經》金言：

「貪財是萬惡之根，若有人貪戀錢財，就被引誘離了正道，用許多愁苦將自己刺透！」

盼此悲劇對我們年輕人有所警戒！

「行善難　爲惡易」

到中藥店買一包菊花茶，無意間，發現壁上一幅字。字體十分俊逸，很好看！這幅字上寫的是：

多行善事，福雖未至，禍已遠離。

常做惡事，禍雖未臨，福已遠去。

詞意淺顯的兩句勸世格言，我覺得喜歡，默念三遍記在心底。的確，咱們常奇怪爲何有人做惡多端，卻未得報應。有人總是做善事，有時候還好心沒好報，自找麻煩。

比如勸人戒菸，儘管和顏悅色好言相勸，基本上又是爲了關懷那吸菸者健康，爲他好，反遭白眼。

又如公寓住宅規定不得在樓上養狗，狗進狗出免不了留下髒物在樓梯或電梯上。同時，狗叫起來也影響鄰居安寧。

但養者自養，毫不顧念別人看法！若有人敢去善意規勸，既得罪人又自討沒趣。目前我居住的地方，一棟雙拼六樓，便有三家養狗。有時狗的大小便，留在公共通路或電梯上，我常代爲清掃，狗主人絲毫不覺抱歉！

其他如公共約訂不得在門樓內停機車，有人偏要停，還一家停兩部，將開信箱通路堵住，又奈他何？

像這類沒有公德心的「小」毛病，一般人看來，當然不是「惡」了。那個人走在街上沒踩過狗大便呢？咱們社會行人道，公園，各街巷地上，分明是眾養寵物者公共狗廁所嘛，何必大驚小怪？行人道上不是可以當地攤臨時商店，賣麵點的廚房，不是每天公車站前都是油水泥，擺在行人道的餿水桶溢出味道，不見得比狗大便薰人嗎？另外，在別人大門口任意停車，使人家恨不得擠扁身子才得進家屋。飲料盒果皮菸蒂，當然是隨手丟棄的，即使垃圾箱近在咫尺也嫌麻煩。至於在公共場合吸菸，那還不是癮君子的權利？十有八九公車司機，領頭吸菸，誰怕二手菸誰別出門，躲在自家的房子裡，就沒有二手菸！

以上略舉現代人生活中，不大好的行爲，沒有人認爲是「惡」吧？充其量缺少公德心而已！但有誰敢說那是「善」呢！

資深演員孫越，在螢光幕上作見證，說他為自己戒菸努力多年，一直沒有成功。後來，他知道吸菸禍害他人，為別人戒菸完全成功了！我覺得凡事只顧自己就是「惡」，為別人設想則「善」焉。

願我們的社會多一些孫越！

——推動搖籃的手——

我們一向認爲「推動搖籃的手」是慈母的手。幫助小生命慢慢長大，給他關懷、給他愛、撫育幼兒漸漸長大成人，就是這一雙推動搖籃的手。

爲孩子擋風遮雨、餐桌上爲孩子擺出可口營養的食物，燈下陪孩子讀書習課，孩子生病了，擁小身子於溫暖的胸懷，也是這雙推動搖籃的手。

無疑深信推動搖籃的手，是一雙捨己忘我，無限慈愛，代表天使的手。

然而，最近看了一部電影，不得不相信，魔鬼有時也會利用推動搖籃的手，借做工具，變成充滿殺機的手！

劇情很簡單，一位婦產科名醫，被控多次對女病人性騷擾。罪名成立，這位年輕並擁有華屋美妻的醫生，不堪醜聞上了電視，羞憤舉槍自殺身亡。他的死，卻不能改變房子被判賠償諸受害人，而不幸他妻子聞聽律師告知壞消息後，竟承受不了打擊而昏倒，造成腹內胎兒死亡，且因此動手術割掉子宮，導致終身無法再懷孕。對於一位貌美聰慧的少婦，平空遭此巨變，無異晴天霹靂，悲痛之餘將一切怨恨，歸諸於領頭控告她丈夫的婦人。

尤其當她探知領頭控告她丈夫的婦人，生活美滿幸福，有英俊的丈夫，有活潑可愛的小女兒，及出生僅五個月的男孩兒。此男孩即婦人懷孕因例行檢查時，被她婦產科醫生的丈夫「性騷擾」後所生的。她認爲此婦人目前享有的一切，都是她原來享有的，復仇的火焰在她心中燃燒，她不動聲色的以一位孤單寡婦身分，應徵至控告她丈夫的婦人之家，充當嬰兒的保母。她溫柔體貼，善解人意的表現，很快的得到女主人信賴，男主人也對她殷勤耐勞讚賞，毫不設防的將兩個孩子交托與她，並使她參與家庭生活，當她爲家中一分子。若不是女主人的朋友，偶然在舊報紙新聞上，發現她即自殺醫生的妻子，她的陰謀——謀殺女主人，佔有她的丈夫和孩子，也許會達到。然而天網恢恢，害人終害己！

看完這部片子，警覺原來最慈愛推動搖籃的手，也會因內心的仇恨，變成兇殘暴力的手。「仇恨」太可怕，使人發狂、使人毀滅，要三思啊！

紫水晶戒指

颱風要來不來的天氣，五樓窗外吹進陣陣涼風，卻吹不散室內燠熱。坐在書桌前，面對稿紙，一點兒文思也沒有，心情欠佳時，最好別寫文章。

小電扇對著臉吹，除了接電話，便是望著窗外綠油油的爬藤發呆！

電話連接了三通，先是《中央日報》的江兒，打電話說我有兩篇短文，收進他主編的文集中了，問我接到出版社信函否？我說沒有。

第二通電話是中廣記者劉曉梅，邀我上國慶日特別節目錄音。

老蓋仙打來的是第三通，無非又是向我吐吐苦水，發發牢騷，說說近況。老鄉長其實可以安享晚年福樂，不必再汲汲人世營利得失，自尋煩惱了。快樂老人五大秘訣：「老本」、「老伴」、「老友」、「老興」，他都不缺，唯獨偶然生點小病，「老健」差了點。這也是莫可奈何之事，人體如機器，用久了都會出毛病。

得知參加的一項文學競賽失敗，不免悵然失望。非因自己得失心重，而是懊惱爲何當初沒多加經營。文章主題重要，文字也很重要呢！明知自己文章缺點，太平鋪直敍了，懶得下功夫琢磨。光是羨慕別人寫得好，恨自己力不從心，臨淵羨魚有啥用？

人的悲哀，就是知道缺失，而不肯去更改。正如《聖經》上所說：「立志行善由得我，行出來由不得我！」要多多禱告，才能改掉自己的惰性。

我的心情越發不佳，晚餐胡亂煮了一鍋麵，給喜樂和多兒塡飽肚子，我則以巧克力冰淇淋果腹。先發話告誡一老一小，若嫌麵口味差，以後連麵也不供給了！兩人默然無語，埋頭食之。適在此時，夜間投遞郵差先生，送來航空掛號小包，邊蓋章邊笑呵呵的問好。他是我所見的最和善的綠衣朋友，無論刮風落雨，每次下樓收信時，他總是高高興興的，先向我問聲好。近來郵局推行投遞人員及窗口禮貌，該推薦他得獎才是。

燈下拆開遠航寄來的小包，層層包裝下，藍絲絨小盒子裡，是一枚心型紫水晶戒指。可愛極了，如此精巧的一枚戒指！原來是遠在加拿大的琮華寄贈的禮物，爲回報我送她新編的文集：《歡喜寃家》。紫花小卡片上寫著：

「親愛的小民阿姨，感謝您寄來新編的散文集《歡喜寃家》，內容輕鬆幽默，含義極深，實爲一本婚姻寶鑑，我已熟讀書中每一篇，太好的文學作品，對我婚姻生活受益匪淺，感激不盡！

我設計了一個心型K金紫水晶戒指，請笑納作紀念，希望大小正合式。晚琮華敬上」

琮華是我長媳的姐姐，原來跟我小妹是好朋友，後來她六個妹妹中的第一個，也就是七仙女中的老二，嫁給了保眞的大哥保健。琮華和我們由朋友，變成了親戚。琮華長得小巧可愛，性情溫和，乃嫻淑仁慈，友愛多情的好女孩。她一生爲了家庭，吃苦奮鬥。在異域相夫教子之餘，自己開設了一間小小的珠寶店，附在大的百貨公司內營業。分別十幾年，竟然還記得我喜歡紫色。鑲工別致脫俗的紫水晶戒指，戴在我枯老多筋的右手無名指上，顯得分外高貴。我，眞個是愛不釋手了！心情爲之大樂！

綠衣朋友

「綠衣人是一個活動的春天！」多美的詩句！一定是戀愛中情人，盼望情書的心境？

的確，古往今來，綠衣郵差早已成爲人類生活中，一位不可少的朋友。我從不敢想，假若一旦無人送信，不通郵件，日子怎麼過？像我這種郵件特多，信箱比別人家大一倍的人，如果沒有綠衣朋友，將多麼困難！

早年信箱設備不普遍，郵差送信還得一家家敲開收信人大門，把郵件交到收信者手中。幸好那時寫信收信，通信人不多，否則要多少綠衣朋友才忙得過來？何況現代生活形態也不似從前，白天多半是大門深鎖，除非星期假日，郵差要想親自交信給收信人手上，還很難呢！

再說從前也沒有現代亂七八糟宣傳品，那個時候信件就是信，那兒來的廣告印刷品？付上極少郵資就寄上一大堆，所謂大宗郵資佔盡便宜的是寄件人，卻造成別人信箱垃圾不說，還累壞了薪資微薄的綠衣朋友！大捆大捆印刷品，多重！

說到綠衣朋友薪資微薄，確是事實。以他們每日工作量，及其工作性質來說，他們的薪金該從優核給才公平。據我所知，按郵政編制，投遞人員屬於差工，頂多是郵務士，但他們為公眾直接服務，除各郵局窗口工作人員外，最辛苦的當推「投遞到家」的綠衣朋友們。有一天上午落著滂沱大雨，我由淋得睜不開眼的綠衣朋友手中，接過一封掛號信函。我看見雨珠順著他的藍色塑膠雨褲，流進他的鞋子內，我知道他一雙腳正泡在水中。但他交給我的掛號信卻一點沒淋濕。

另一日，烈陽高掛，坐在屋裡不動都要出大汗的天氣。

我下樓收掛號信，看見年輕的郵差朋友脖子上流著好多汗水。我接過信，誠懇的向他說：「謝謝！這麼大熱天」。他也很高興的回了我一聲：「不客氣！」正像我跟冒雨送信的綠衣朋友說：「這麼大的雨，謝謝您啊！」那位綠衣朋友也因我一句感謝，展現他欣慰的笑顏！

真的，我實在感謝綠衣朋友。雖說現代人願意耐心寫信的越來越少，只因電話一通馬上得到回應，加上科技突飛猛進，我的孩子在瑞典，常常經由人造衛星傳信給美國長島和加州的師友，方便極了是不錯，但不是普通人都設備得起的。電話便利，也限於同居一地，若與海外親友互通消息，誰付得起那昂貴的越洋電話費呢！

寫到這裡，我附帶向綠衣朋友的背後——郵局分信人員致個謝謝：謝謝您們耐心爲我轉信，雖然我已遷居兩年多了，但好些寄到老地址的郵件，我還是收到了。謝謝您們啊！

—七月·假期·路—

七月，陽光雨水讓我們居住的美麗寶島，更加鮮亮翠綠了。年輕的學生，在七月正以欣欣的心情，迎接他們長長的夏日假期。

暑假！每一位由小學，到大學的學生，多麼重視呀！許多盼望，許多期待，都等著暑假到來去實現。暑假！這個名稱太可愛啦！想想，不必大早起床，急急忙忙趕公車上學。不必一天八小時在課堂裡聽那些枯燥得要命的「功課」，或是在操場上、實驗室裡「受罪」，好幾十天的假期，供我們逍遙，供我們海闊天空玩耍，多好！

眞是這樣嗎？難道我們不再想想，放了暑假，日子就應該浪費在任情玩樂中渡過嗎？難道我們不覺得如此年輕的大好光陰，該做點有意義的事嗎？

親愛的年輕朋友：《聖經》上說：「要愛惜光陰，因爲現今世代邪惡。」當我們忙著學習，忙著做工的時候，「邪惡」必無法跟我們接近。要愛惜光陰這句話，恐怕我們也已經聽得太多了！簡直是一句老生常談嘛！也許年輕朋友想到的「愛惜」光陰，是及時行樂？及時行樂是沒錯，但要先弄清楚，我們願意玩樂的方式，對自己有沒有益處？我們不能把年輕有爲的生命，消耗在玩樂上面哪！如果能在暑假做一點有價值的活動，不單對自己有益，對別人也有幫助。如協助殘障機構做點義工，到孤兒院、少年輔導院，甚至做一點傳播福音，淨化環境，也能淨化人心的工作，這個暑假，豈不過得更快樂！

每個人都有難忘的童年，世界最高榮譽「諾貝爾」獎，創立人諾貝爾先生，他的童年回憶中，最難忘的是和哥哥在瑞典首都街頭賣火柴，幫助貧困的家計。他幼年失學，卻好學不倦，使他成爲一位瑞典國家的大富翁、大學者和大發明家。諾貝爾可能從來沒渡過一次眞正的暑假，因爲他一年到頭都在工作和學習。

我們中國人說「君子自強不息」，便是這個道理。一位有上進心的年輕人，他必定懂得怎樣利用假期，充實自己，他知道浪費光陰，便是浪費生命。

假日裡多到郊外去走走，接近大自然，靜觀自然界一切生態，我們會得到許多寶貴的啟示，大自然是最好的導師，我們眞的可以由一朵小花，發現生命的奇蹟！

「莫等閒白了少年頭，空悲切。」有一天，我跟幾位年輕朋友聊天時，勸他們趁年輕記憶好，領悟力強，多讀點書，認眞學習一些謀生的本事，別等到頭髮都白了，再來後悔莫及！年輕人中有兩位，笑著指他們已經參差白髮的「少年頭」說，我們並沒有閒著，天天不停的啃書，應付永遠完不了的考試，頭髮爲什麼這麼快，就白啦！

岳飛那句詩裡的「白頭」，當然是指老年人的白頭，而不是年輕人的「少白頭」，誰都知道的。同時，頭髮黑白，也不能代表什麼。換句話說，一個滿頭白髮的老年人，他仍不停的學習新知，不停的工作，雖然在體力方面他不如年輕人，但他心靈上永遠年輕。如果一位正當年輕力壯的青少年，成天不肯進取，總是怨東怨西的，不必等閒白了少年頭，就「空悲切」了！

七月又是畢業生們面臨升學與就業的季節。

「畢業了！」不知何去何從？

國中畢業生說：「唉！我不知怎麼辦！升學家裡沒有錢，就業嗎？一個國中畢業生能幹什麼？」

國中畢業眞的不能幹什麼，在知識爆炸的今天，許多大學畢業生都面臨謀職的困難。我覺得國中畢業的少年朋友，應該設法繼續升學才對，如果本身基礎差一點，只要不放棄上進，可以找機會半工半讀，在往後的日子裡多用功自修，努力再努力，升學之門總會爲你打開。

唸高職或五專的同學，原本就是打算就業的，如果覺得自己還有升學的必要，照樣可以報考插班大學相關的日夜間部。多唸點書，對自己也是一種享受！

路，是人走出來的。

其實，路不是走了才知道的，而是人想出來的！

記得南北高速公路開工不久，臺北楊梅段初次通車，我曾被邀請參觀。當我佇立在第一個交流道大橋上，回首遙望來路，那一條嶄新大道、寬闊、平穩的八線大道，在我視線下伸展過去，我突然湧起一陣激動的感謝與充實。

誰知道這條大路曾是田壠、荒地、小山，或羊腸小徑？如今竟由坎坷難行的路一變爲平坦快速的捷徑。但其間不知經過多少次構想、策劃、測量。修築時曾付出多少辛勞，流過多少汗水，日曬雨淋，才開闢成這樣一條康莊大道。一條路完成，是許多智慧與勞力的結晶。

每個人人生道路，也是這樣的！

有一天，我坐在朋友的新車上，繞過許多狹小難行的道路，車子終於駛上平滑闊寬的公路。我問一傍開車的朋友：「這是什麼路？」他答：「回家的路。」

我問的是路名，他答的卻是方向。我取笑他所答非所問，他取笑我所問非必要。很多時，人生就是這樣，有時並不在乎你在什麼路上走，應該關心你往那裡去。

我記得對日抗戰的時候，全家撤退到大後方。我們舟車交替走了許多日子，才到達四川重慶。當我們乘坐的民生號江輪，駛入有名的三峽，兩岸風景絕佳。那時我只有六、七歲，對於岸上美景並不太注意，只覺得船在江中走，越走河床越狹小，兩邊的山使我不住的躭憂，好像要向我們靠攏，站在甲板上，我常怕前面已沒有了路，卻不料駛過去還是有路！

畢業了，本來是應該高興的喜事。原以為畢了業，便可以海闊天空，卻不料依然有煩惱。六月隨七月來臨而退去時，並沒有帶走煩惱，而似乎煩惱越來越多了。

為什麼煩惱？還是不知道該走那一條路。其實，許多路早已等待你去走，你根本沒去走過，怎麼會斷定「此路不通」？又因為有些路很久沒人走，長滿了雜草，路便被覆蔽而找不到那條路了。正如孟子所說：「山徑之溪間，介然用之而成路，如間不用，則茅塞之矣。」所以，並不是沒有路，而是你不肯去想，更沒站起來，提腳去走。很多事情，必須親身去經歷，失敗、受挫，也是人生的一部分。我們都知道失敗為成功之母，沒嚐試過失敗的滋味，就享受不到成功的幸福！

也許一條迂迴之路太艱難，但一定比完全平坦的大道，對我們更有益處。青雲直上固然不錯，按部就班，一步一步慢慢走出成功之路，更值得珍貴。

曾經接到過一位陌生女孩兒電話，她向我傾訴心頭的煩惱說：不知道該不該結婚？因為她看見往昔的同學們，結了婚生活並不美滿，使她對婚姻失去信心。她又說追求了她八年的男友太窮，結了婚一定會過苦日子。她問我是否羨慕那些有錢人，住在大厦內，出門有漂亮的小轎車，隨時可以去世界旅遊。

我答她也很羨慕有錢的闊人，但更喜歡白手成家，那種成就感，不是金錢可以買得到的。年輕人結了婚，胼手胝足共同經營一個小家庭，才是眞正甜美的收穫。

很多時候，我們感覺苦悶，認爲環境不如意。其實沒有誰對自己的環境完全滿意的，很多人不快樂，也出於他總不滿足。唯有滿足自己擁有的，慢慢設法改善環境才是正路。我聽過一則小寓言，據說上帝造鳥的時候，給它預備了很多很重的羽毛，對鳥說：「將這些重擔穿上」。鳥一看那麼大一堆羽毛，便對上帝說：「重擔？多可怕的重擔呀！」但當它順服的將羽毛披在身上，卻發現變成了能飛的翅膀。

有時，我們人生也會發現，身上的重擔竟是一種祝福。有時我們人生也會遇見：「山窮水盡疑無路，柳暗花明又一村」的境界。那至高的造物者，早已給每個人安排好了前程的路，雖然看似崎嶇狹窄，上主必給我們平安喜樂。當我們走至途中，又困倦又饑渴，只要確知這是通往回家的路，再難再遠，你也走得動的！而你還會記得，人生路上，七月多麼美麗！

—紅十字的光輝—

幾乎是初曉人事不久，我就聽過「紅十字會」的名字。小時候在老家北平，跟著母親逛大街，瞧見街上車身有個紅十字的白色汽車駛過，稀奇得很！母親告訴我那是「紅十字會」的車子。

當時並不明白紅十字會是什麼？那時候做母親的不大習慣細心解答孩子的好奇。不久母親帶我和姐姐看電影，好像是一部戰爭片，只記得是外國電影，片名已記不得了。但腦海裡對猛烈戰火下，飄揚著一面小紅十字旗幟，留下深刻的印象，似乎知道那面紅十字旗代表救急與和平。直到如今，每逢紅十字車或旗幟入我視線，心中感覺仍然和兒時一般溫馨。

「紅十字會」如眾所周知是世界性組織，「以博愛溫暖社會，以服務造福人群」爲宗旨的紅十字會，在我國最初成立於民國八年。當時因日俄宣戰，戰場竟在我國東北。我政府派船接運人民，俄國出面干涉，因此上海商紳聯合各國主持正義者，由英、德、美、法各中立國領事簽訂章程，設立國際紅十字會上海分會，民國二十三年才改名稱「中華民國紅十字會」。政府播遷臺灣，民國三十八年，紅十字會亦遷來臺灣，而且有世界性的紅十字會，至今已進入一百二十九年，會員總數超過二億五千萬。不得不承認紅十字會「照亮黑暗」的不朽精神何其偉大！

自有人類以來就有戰爭，紅十字會會員出生入死，冒險犯難拯救因戰爭遭遇苦難者。保護人類生命尊嚴、協助難民使分離的家人重聚、代爲找尋失蹤親友、主持正義公道、尊重基本人權、探視囚犯等等，紅十字會職工們每日爲此奮鬥不懈。

我國紅十字會總會長是徐亨先生，他多年爲會務推展，奉獻個人之人力財力，以基督捨己爲人精神力排萬難，從事了多項發展業務工作。目前重要的任務有：「與大陸紅十字會建立良好合作關係」、「開辦駕駛人員急救訓練」、「策劃公元二千年保健服務」、「加強智障服務」。

願我們社會在欽佩紅十字會精神之餘，大眾起而效之，則是全國同胞之福了！

不要忽視身教

也許因爲時常寫點小文，都是身邊瑣事，養成觀察人性的習慣。人性好壞，端地表現在言行之中。月前陪朋友到銀行還貸款，目睹一位母親的行爲，和她女兒受到的影響，至今難忘！

那天或許是電話費及其他代收稅款繳納的最後一天，臺銀忠孝分行三個出納窗口，都排長龍。人多室內空氣不流通，癮君子們又缺少公德心，讓他們噴出的二手菸，薰得排隊繳錢取錢的人們，個個頭昏腦脹情緒不好，都想快點辦完事離開這裡！

我這位朋友是一位性情溫和謹愼的女子，因爲要一次付清貸款，所以帶的錢比較多。到了該她辦的時候，才將錢分由兩個袋子，一疊疊的取出交給出納小姐清點。這時候，由後面擠出一位太太，帶著一個十三、四歲的女孩子，那女孩穿學生服，可能來給她繳學費的。

出納小姐正清點我朋友的錢，那位插隊的太太很不客氣的說：「請你先給我們辦一下！」我的朋友立即說：「不行，她在點我的錢，點了一半不可以給你辦，會弄錯的。」不料那位太太竟罵我朋友太笨，到銀行繳錢自己不先點好！我的朋友說先點好，出納小姐也得點一遍呀！同時回告那位太太，說這是她與出納小姐的事，用不著別人管，並說：「你不笨，所以不守規定插隊，我們的社會秩序就是被你這種人破壞的！」

不料那位太太惱羞成怒，也不顧在大庭廣眾之間，竟提高嗓門破口大罵：「你囉嗦什麼？老太婆！老太婆！」我的朋友反而覺得好笑，朝我笑了一下，轉過頭問她：「說你不守秩序跟老太婆有何關係？我就是老太婆又怎麼啦？你媽媽不也是老太婆嗎？你自己將來也會成老太婆的！」那位太太自知理虧，卻更大聲嚷：「你笨、你心不好、死無葬身之地！」

遇見這麼不講理的人，我朋友臉上也有了怒容，但窗口幾位小姐都朝朋友搖頭，暗示別理這無賴的女人。突然她的女兒哭著叫：「你們不要吵了哪！」女孩哇哇哭聲，使我朋友不忍再還嘴，只悄悄說了一聲：「看吧！這就是你的身教，我爲你和你的女兒難過！」

雖然我同情朋友平白挨罵，但更同情罵人的母親，也爲她和她女兒難過！

命好？命壞？

炎炎夏日又逢聯考熱季，各種不同階段的莘莘學子，流著汗水，渡過炙人的「烤」場。經過焦慮的等待，成績單寄到了，放榜了！又是幾家歡樂幾家愁的日子。

我以一位身經三名「烤」生的母親，過來人經驗來祝賀金榜題名的幸運兒，更由衷的向榜上無名失望的考生，和他們的家長，說一聲別放在心上！千萬別為今年考得不好，而灰心怨嘆！人生其實是在不斷的再接再勵，才得到眞正的成功！

因我家三名壯丁都擠進國立大學，受完高等教育，且有兩名獲得博士學位。朋友們常稱我是好命人，我自己並不承認命好！唯有我知道，我的孩子能正常發展，品格、學業都沒教母親失望，是因為我曾跟他們一同努力，一同成長，我已付出一個母親最大的心血在孩子們身上。

我不相信命運，因我曾親耳聽過、親眼見過，許多遭遇不幸該屬於：「壞命」的人，由於他們努力，而將極困苦的命運扭轉過來。換句話說，就是目前最流行的：「反敗爲勝」。

雖然有時難免同樣撒種，收成卻不相同。表面上看起來，好像種瓜不一定得瓜，種豆也不一定得豆。但用心去耕耘過的，力氣必不白費、汗不白流、淚不空落。至少您因此獲得了人生最寶貴的經驗。不是說：「失敗爲成功之母」嗎？所以，我還是相信：一分耕耘一分收穫！天下沒有白吃的午餐，天下也沒有誰生下來就是好命人！

相反的，人活在世界上都有不同的煩惱。樂觀的人遇見橫逆，不以：「命中注定」妥協，而去面對它，克服它。唯有悲觀者，才接受宿命論！若問：宇宙間誰掌握人類的命運呢？難道是一位不公平、不公正者，隨便給予某人好命；某人壞命嗎？我告訴您，無論您信不信上帝，《聖經》上的金言是不變的至理：

「你的日子如何，你的力量也如何！」

只要自己不放棄，中國人有句話：人生沒有過不去的日子，就是指人間沒有人註定壞命到底。牢記：「諸般的勤勞都有益處」。「好命」永遠等待自強不息之人！

——牽手與分手——

臺灣俗語稱夫妻爲「牽手」，謂兩人既結爲夫妻，必定並肩牽手，共渡一生。「牽手」是十分溫馨妥切的名詞。

人生道上，有陽光也有風雨，若可覓得一個情投意合，傾心相許的人牽手而行，互相扶持，彼此關懷，總比一人獨行好。

可惜是感情，並不如想像中那麼可靠。而人生自私多變，最易展現在婚姻的關係上。於是結婚又離婚，牽手復分手，令人遺憾嘆息的家庭悲劇，不斷在今日社會上演。

在我周邊熟人，及親友中間，就有好些婚姻出了問題，或已經離了婚的新聞。不幸離婚事件中，以男性負女性者較多。又以婚外情，及對家庭無責任感、不關心孩子、言語粗暴、甚至打老婆者居多，也有看無大錯的竟離了婚！

如同有些女友申訴，她們的丈夫婚前都是表現得非常溫柔體貼。結婚不久，就撕下虛僞的假面具，言語行爲與婚前完全不同。一位移民美國的女友，寫信痛陳離婚的原因說：「他向我求婚時海誓山盟，口口聲聲說多麼愛我。沒有我他就活不下去啦。嫁給他後，才發現他說愛我，其實是愛的他自己！是爲滿足他想得到和佔有我，要我做他終身的附屬品，做不支薪的老媽子。爲他生兒育女，傳宗接代！我每天身兼數職，累得要死，他從不主動幫忙，只顧他自己舒服。還說做家事，生養孩子，是女人的天職！」

另一位女友離婚原因是，結婚四十多年，她丈夫從未做過一件討她歡心，叫她安慰的事。想到她的不是洗衣機耐用嗎？便是炒菜的時候，油煙會不會到客廳。她丈夫心目中，永遠只有自己，甚至沒耐心陪她去一次醫院，只將她當成永久的特別護士。一年三百六十天不休息，不領薪水，伺候他！女友說她已心灰意冷到極點，再不離婚，要爲這個沒人心的丈夫，做奴隸到老死了……。

所謂家家有本難念的經，淸官難斷家務事。雖然相信女友們離婚，必有不得已苦衷，我還是不贊成離婚。畢竟人非草木，朋友相處都日久生情，夫妻牽手，同床共枕，在一個屋頂下生活過，要分開誰能不痛傷難過？尤其已有孩子的家庭，父母婚變，對孩子打擊甚重。也許影響到他們一生的幸福，造成人格的缺陷，心理的創傷。離婚的女人，較之不結婚會更孤獨寂寞！

婚姻道上，必須多原諒多加容忍。因此我費心力一年有餘，策劃一本《歡喜寃家》。貢獻給將要結婚，和婚姻出了問題的朋友：「不是寃家不聚頭」。凡事要以達觀態度處理，婚姻也不例外，人生短暫，對自己配偶寬容，自己也快樂！既已牽手就別再分手吧！

「愛情的花樣」

從前愛情很單純，現在愛情花樣多。純純的情、蜜蜜的愛，乃人生不可缺少的追求。早年，這些情愫常在情侶及小夫妻間。愛情就是世間男女相悅，喜歡就是順眼合意，愛就是愛，沒有什麼「花樣」。

如今假借愛情耍花招、施騙術的不勝枚舉。說世風日下，人心不古吧？爲什麼上當吃虧的多半是女人！

最普通的愛情謊言，總是男方假做對女方有了愛情，願意廝守一輩子，其實是看上女方的財產、地位、或高薪的收入，及婚後白白得到一個永不辭職，不必付薪水的終身老媽子。所謂：「愛情」——如《聖經》上規定：「做丈夫的要愛妻子像愛護自己的身體一樣。」現代丈夫能做到的幾希？

倘若丈夫愛妻子，像愛自己身體一樣，會演出這許多叫妻子傷心欲絕的婚外情嗎？那些各類型各階層的有婦之夫，看膩了家裡以「愛情」爲名求來的妻爲他組織家庭操勞辛苦，生兒育女，變成了：「黃臉婆」。便又以「愛情」爲名見異思遷，對另外女人發生了興趣。「沒辦法呀！愛情來了擋不住，不由自己呀！」

我親耳聽見有位負心郎，如此爲自己分辯，假借「愛情」爲名！

另有好些所謂的「性騷擾」，也是假借「愛情」。爲了滿足自己的色慾，達到一己之私，那兒有什麼情與愛！或許有些人連自己都不知道，他所謂的愛情，其實不是眞愛對方，其實是愛他自己！

純眞的愛情，本質原是我付出，不求回報的。現代人利用神聖的愛情耍花樣，造成好些無辜的家庭破碎，婚姻解體。我的好朋友喻麗淸，一向以淸麗的散文聞名，最近竟出版了一本小說，書名赫然竟是：

「愛情的花樣」。

文學反映人生，誰曉得麗淸的小說中，有那些愛情的花樣，讓我們拭目以待吧！

婆婆媳婦都難爲

——「反哺與回饋」讀後感想

「家庭」專刊刊出兩篇好媳婦的文章，都很感人。一篇是林淑蘭根據訃文上，一則：「婆婆與我」的感想，一篇是錢田玲玲女士在女青年會演講的記錄。婆媳之間，自古是很難處理的人際關係。

田女士的婆婆是：「非常精明能幹」的大家庭主婦，應該很不好處，能和諸相處達十二年之久，直到她婆婆過世，一直住在一起。她的秘訣是：「讓婆婆了解，你敬重她如自己的父母」。田女士說不能讓婆婆覺得，娶了媳婦就丟了兒子。除了將她自己每月薪水，拿出一部分和丈夫的，一同交給婆婆，還得表現勤快，下班後主動幫做家事。年節或二老生日，她更會選一些合用的東西送給公婆。

由田女士簡短敍述中，我們看見，她一定有良好的母教，因爲女孩子言行，充分代表她自小所受的母教是否完美。如寫：「婆婆與我」的唐國華女士，她明知嫁給未來的丈夫，有一位必須服侍的中風婆母，親友也告誡她這樣的婆婆難服侍，仍心甘情願擔起艱苦的任務，助丈夫盡孝，甚至辭掉自己很喜歡的工作。就因爲唐女士背後，有一位以己之心待人的好母親，這位母親，不僅常常提醒她女兒耐心服侍婆婆，她自己還不時來幫女兒照顧，陪她婆婆聊天、餵食。

反觀現今社會上許多目無尊長的時代女性，百分之八十以上的媳婦，看不起自己的婆婆。百分之九十的媳婦，對婆婆不滿意，包括有些利用婆母不花錢的勞力，爲她照顧幼兒，還美其名叫婆婆享：「含飴弄孫」之樂。從不感念婆母是妳丈夫的母親，她已年老了，吃不消再撫育幼兒繁重的工作。反而指教她婆婆沒知識，不懂衛生，把她孩子帶病了，慣壞了！

有位出嫁不久的讀者，寫信給我說她婆婆好討厭，天不亮就起床，吱吱喳喳大呼小叫的喚她丈夫弟妹吃飯。嫌她婆婆一天到晚做個不停，顯得她是好吃懶做了！她說很想搬出去，和丈夫過小家庭，丈夫卻不肯，怎麼辦？

又有一位朋友的女兒，向我報怨婆婆太節儉，剩了好幾天的菜還要吃。看她穿件新衣服，就追著問多少錢買的？常說她浪費：「又沒花她的錢，她管得著！」朋友的女兒說。

不久以前於早晨的公園，旁聽到幾位婆婆級的老媽媽閒話，話題竟都是媳婦的好壞。四人中只有一人，讚美她媳婦比女兒還貼心，說公公沒下班，就給公公泡好茶，拖鞋也擺在門口了。每次星期天做完禮拜，媳婦都堅持在外面吃午飯，免得婆婆回家又忙做飯。她有點小咳嗽，媳婦又是檸檬茶，又是川貝枇杷膏端給她吃。

另三位老媽媽，一位說自從她媳婦進了門，生活習慣全改了，樣樣得遷就她媳婦。一位說她媳婦總是當著她的面，批評她兒子好多缺點，說她兒子「懶」、「好吃」、「脾氣不好」——「既然我兒這麼沒出息，當初妳為什麼非嫁給她？」這位說當初她反對兒子那麼早結婚的媽媽說。另一位老媽媽也說，她媳婦娘家主動來說媒，看上她兒子書讀得好，又申請到外國研究所獎學金，那時她兒子才二十三歲，說婚事太小了！她和丈夫都不答應。後來女家鍥而不捨，終於達到靠她兒子出國的願望。將她原本最孝順的兒子，害得如今心裡再沒爸媽。「都是親家母給她女兒出主意呀，從不教她女兒孝敬公婆！」是的，母教很重要！《聖經》上說：「要孝敬父母，使你得福」，孝順丈夫的父母等於孝順自己父母！您說對嗎？

—他人的悲喜—

恩愛夫妻，幼年情侶，睽別長達四十年後重逢，是喜！然而，昔日心上人，曾同床共枕的伴侶，如今竟已另有所屬。重相見，物在人非事事休，是悲！

如果一開始，老吳就知道他留在大陸的妻已改嫁他人，他也認命了！錯就錯在他思念牽掛了四十年的結髮妻子，聽了中共幹部指使，因離別後環境造成了悲劇，促使她身不由己的做了另一個男子的「愛人」，始終隱瞞不以實情相告，以致老吳自作多情的，認爲秀菊爲他獨守空房四十年。

秀菊和老吳，原是雙方父母指腹爲婚的小夫妻。兩家在河北省武強縣，都小有名望，都時經營布匹與茶葉生意，有信有德的殷實商人是也。所以，兩家聯姻，算得上是門當戶對。

何況兩家原本交往甚久，不僅兩位老爺是摯友，情逾手足，就是女眷們也十分親密。就在老吳高中畢業，赴北平唸大學時，家裡為他和秀菊完婚。秀菊只小老吳兩個月，長得嬌小玲瓏，與高大英俊的老吳站在一起，顯得格外惹人憐愛。加上秀菊溫柔賢淑，結婚後老吳對秀菊體貼入微，小倆口可謂是一對神仙眷侶。

然而好景不常，就在秀菊隨老吳到北平唸書第二年，赤禍橫流，共產黨趁國民黨全力對抗日本鬼子，抗戰勝利復元不久，百廢待舉之時，發動戰爭。老吳和許多反共同學投筆從戎，跟隨政府播遷臺灣。秀菊因已有身孕，不便遠行，只好回武強縣陪伴公婆，原以為一年半年便可重聚，豈知從此鐵幕深垂，大陸陷共與自由地區隔絕音訊。老吳對大陸的親人，自然惦念不已，對愛妻秀菊更是朝思暮想。最掛念的當是秀菊生產平安嗎？他知道自己做了爸爸，但不知是兒是女，一切只憑臆測，一切放在禱告中。

長長的三十幾年春秋，就在盼望中過去。老吳退伍後，以退休金辦了一家食品加工廠，勤勉工作存了不少錢。前年開始經由國外親戚與大陸家人有了聯絡，雖然得知父母早被清算相繼亡故，妻子秀菊卻安然無恙，而且，他的兒子已經四十歲亦已成家生子，老吳已經當上爺爺了。

這消息使老吳悲喜交集，悲父母早亡不能養老送終，喜妻兒平安，團聚有望。皇天不負苦心人，老吳就在政府開放大陸探親，第一批返鄉人群中，回到了故鄉。老屋猶在，只是破舊不堪！秀菊的臉上依稀看出昔日姿色，未曾謀面的兒子，與老吳長得一模一樣，小孫女活潑可愛。老吳帶來大批禮物，眾親友人皆有份。四十年睽違重相見，他發現秀菊不似預料的歡喜，相反的，秀菊與他單獨相對的時候，總是欲言又止，但重逢的興奮使老吳不疑有他，並決定回臺灣結束工廠生意，出售房產，返大陸老家定居。老吳匆匆回臺，臨走時，還留下大筆款子給秀菊修建房子，添置用具。老吳正私心慶幸秀菊四十年竟未改嫁，不料在返臺途經香港旅舍中，同行友人交給他一封信，是秀菊寫的。信中沈痛的承認自己受中共指使，隱瞞了她被迫再嫁的事實。如今，她已是別人的「愛人」，無法再和老吳團圓，這一月相聚，不過遵上級命令行事，請老吳斷了返鄉長住念頭別再想她。最後，秀菊說，這一切不幸，都是命運啊！但老吳那裡相信是命？

母親的夢

——回到從前

記不清什麼時候開始的，總有兩三年吧?!我常在入睡不久，夢見孩子們幼小的光景，而且多半是夏日早晨，特有清涼空氣中，飄忽著濃郁的花香。

那是白蘭花、小茉莉的香味兒。而我總是站在臺南老家後院，兩棵大白蘭樹下，仰著脖子伸著雙手準備接花兒。保眞或多兒正將樹枝上剛剛展瓣，猶汪著露水的香花摘下來扔給我。他們兩兄弟爬樹的本領一樣高強。

那時候，我心裡很著急，又希望樹上的孩子多摘幾蕾大朵的白蘭花兒，讓我將每間房子可以擺花的容器都裝滿。又惦記老大保健的便當別忘了帶，他上學早，是不是又來不及吃完早點?同時，我也爲樹上摘花的孩子耽心，生怕他們貪戀在樹上玩耍而遲到!他們太愛上樹，愛得不得了!以致他們的爸爸不得不給他們用木板搭個架子在樹上，讓他們坐在板子上聽鳥叫，他們叫那架子是：「樹上之家」。

這兩棵白蘭花是孩子們的外婆，在門口挑擔子賣盆景的小販那裡買來的小樹苗，栽下去只不過五六年，就長成高過屋頂的大樹！人們都說做夢全是黑白色，我卻夢見天色湛藍，夏晨的陽光金亮亮的照在樹梢，白蘭花的葉子比翠玉還碧綠！躲在葉縫裡的象牙色小花，顏色鮮潔無比！就是牆角下一排紅黃相間的美人蕉，也是那麼豔麗逼眞！小茉莉的葉子像要淌出綠色汁水了！

但是，我不久就急醒了！心裡很是難受，我多祈望永遠不醒，歲月就恆長停留在孩子心中，無憂無慮的童年，多好！

我又常夢見暮色蒼茫中，大兒子保健騎著他的舊腳踏車，來火車站接我。那時候還沒生多兒，我帶保眞到臺北看病回來。保眞六、七歲時，已看遍全臺灣各地有名的小兒科醫生。夢中我和保眞坐在三輪車裡，保健騎著腳踏車在三輪車旁邊，邊走邊向母親訴說我去臺北這幾天，家裡發生大大小小瑣事。三輪車騎得很快，保健的腳踏車也越來越快。三輪車沒有篷子，晚風把我的頭髮吹得亂糟糟的有時遮住眼睛，我用右邊胳臂使大勁摟住保眞，怕他滑跌下去。又躭心保健騎太快摔跤！這個夢也是不久便給急醒了！但是有一次在夢中卻哭了起來，那是夢見保健騎著車子駛進白茫茫的大霧裡，我們的車子緊追不上，保健騎車的背影漸漸模糊變遠變小，終於跑出了我的視線。我拼命喊叫，極目前望，又急又怕便流著淚醒來了！

有人說夢是心中想，日有所思夜有所夢。但我確實白天從未想過與前兩種夢境有關的事，雖然保健保眞如今都遠在異邦，但得越洋電話之便，彼此生活音訊毫無隔閡，何況我們也常去看他們，他們更常返鄉省視父母，逢年過節也設法趕回家團聚。如今兩個孩子都獲得了博士學位，工作前途兩皆看好，我時時不忘爲此感謝上帝保佑祝福。然而，做母親的心裡，免不了懷念孩子幼小依偎膝下的甜蜜時光。也許，這就是我常常會在夢中回到從前的原因吧？

——時光能倒流——

年輕的母親，撫育兒女備極辛勞，我們寬慰她：「孩子長大就好啦！」如今我三個男孩，都已經長大了。我卻感覺不到如何的「好」！反而更爲他們掛心。當他們羽翼豐滿，盼望了多久的乳燕高飛了，巢裡的老燕子欣喜中，卻包含更多、更大的孤單和寂寞，更爲他們的前程愁風愁雨。我多祈望時光倒流，恢復兒子繞膝依偎母懷的幸福時光。

願我半夜醒來，身邊小兒子帶著奶香的臉在夢中微笑。老二睡態可掬，小床前落了一地橡皮小人兒。那是他每晚睡前在床上獨自把玩的紅番打仗。枕際猶有他愛看的兒童樂園及漫畫書。我悄替他蓋好小被子，撿起玩具。

老大房裡檯燈未熄，卻傳出均勻的呼吸聲。他是用功的孩子，總是自己讀書至夜深！

隔窗看見，小院裡兩棵粗大的白蘭花枝幹上，爸爸給孩子搭的「樹上之家」小木屋，在月光裡分外溫馨、安祥。

廚房冰箱，永遠不缺孩子愛喝的果汁，巧克力糖。各種水果堆得像小山：「我是水果大王」，孩子吃水果時滿足的快樂，小嘴角流出甜汁，紅潤健康的臉上，閃亮著童年的金光！

願日出之時，放出的小鳥兒，黃昏日落的時候，一如往昔，平安快樂的回巢！忙碌的母親，願聽見孩子進家的喚「媽！」聲。

——夢裡乾坤——

夜色深沈，四鄰無聲。寂靜的夏夜裡，白天炎熱流汗，使人容易疲倦，夜晚涼爽大家正熟睡著。突然，隔床傳來陣陣恐怖的呼聲，是那種抑壓在喉管裡驚極又不敢大聲喊叫的聲音。

我知道老伴兒喜樂又在做惡夢了，他常常如此！連忙下床推醒他：

「唉！醒醒吧！又夢見狗咬你啦？」

喜樂做惡夢總是被狗咬，有時還是許多惡狗將他圍在中間，偏偏他又是膽小最怕狗的人。他讓我推醒後，不好意思的笑笑說：「又夢見狗了！」

「怎麼就是你老夢見狗呢？可見你白天做了虧心事！不然，我爲什麼從來沒做夢被狗咬？大夜裡鬼叫嚇人，每次都被你嚇醒！」

我沒好氣數落他，因爲讓他嚇醒，再無法入睡了，我本來就是不容易睡著的那種人。不過說也奇怪，爲什麼喜樂常常夢見狗咬他呢？他的性格非常坦然，從來也不叫自己心上有任何壓力，不是說白天太緊張，夜晚才做夢嗎？不是說日「有所思」，夜才「有所夢」嗎？那麼，喜樂白天又沒躭心過狗咬他，怎麼經常在夢中去被狗咬呢？令人莫解！

聽人家說，人的夢有顯相，也有隱義，作夢有如製謎，狗咬的謎底是什麼？是有人要陷害他嗎？不可能！因爲他生活的環境太單純，接觸家人以外的不外公司的幾位同事，而他在辦公室獨自一室，處理一些工程技術上「顧問」，工作也極單純。他生性樂觀，從來不爲明天憂慮，不與人爭，難道他心頭還在隱藏什麼可躭憂的機密嗎？太玄了！

說起來，夢裡的世界實在奇妙，常常會引人到一處從未去過的地方。有一陣子，我連續夢見迷路，心裡好急，找不到回家的方向。又有時會夢見過世的親友，有時會覺得仍然活在過去的環境裡；孩子很小，母親健在。那時覺得恨不能永遠別醒，因爲總是知道這是在做夢，醒了以後，常常難過得想哭！既空虛又寂寞，如同遺失了什麼心愛的東西。

但小的時候，有時從「夢」中醒來，往往是懷著欣慰之情感到：幸好是作夢！那就是當我夢見獨自仰臥在客廳大沙發上，突然覺得屋子越來越小，家具也擠成一團，正處在將被壓夾的恐懼時醒將過來。另外，當我想小便時，也常夢見找不到廁所焦急萬分中，醒來趕快上厠所小便，十分痛快！至於小時候時常作夢由高處摔了下來，嚇醒時雙腿總是一蹬。母親說那是小孩兒在長個兒！也許母親說得不錯，長大以後，再沒夢見摔下來了。

一般人作夢，很少有顏色，大都是黑白的色彩。但是有一次我卻做了一個五彩夢，花紅柳綠，夢見一座生滿熱帶植物的小公園，好歡喜！是否有何隱義？一直未解。我不像郭良蕙大姐，每次夢裡走進玉街，必有好運。也不像羅蘭大姐，每回夢見兩條魚，也必定有高興的事！我只是有過不祥之夢的經歷：我大弟飛行失事頭一夜，我夢見去菜場買豬肉，血淋淋的好噁心！第二天上午就接到岡山空軍官校通知，說大弟飛機墜毀殉國！

《聖經》裡提到「夢」的地方很多，古今中外，人人都在不斷的作夢，卻無人了解夢裡乾坤，與眞實人生有無關聯？唯在《舊約・創世紀》四十一章，記載埃及王作夢站在尼羅河畔，看見七頭又肥又壯的母牛從河裡上來，在岸邊吃草。接著，有七頭又瘦又弱的母牛也從河裡上來，將那七頭又肥又壯的母牛吃掉了。

後來，埃及王又作夢，看見一棵麥子長了七枝飽滿成熟的麥穗。接著又看見一棵長了七枝枯瘦被野風吹進的麥穗，竟將先前那枝成熟飽滿的麥穗吞食下去！

滿朝文武無人解得埃及王的怪夢，而一名由獄中放出的以色列人約瑟，很正確的將埃及王兩個夢當作一個夢解，他說：七頭肥牛，七棵飽滿成熟的麥穗，都預表七個豐年，至於七頭瘦牛和七棵枯焦麥穗當然預表七個荒年哪！荒年吃掉了豐年是必然的。後來，約瑟因解夢正確，有智慧，竟做了埃及的首相呢！

夢眞是反映、隱喩現實的嗎？人生如夢，似幻似眞。不管怎樣，正當做人，遵行造物者旨意爲平安喜樂泉源是也！

摔跤記

本該寫「跌」跤才對，口語習慣了，順手就寫成了摔跤，這可不是跟人家比賽的「摔」跤啊！這是自個兒摔了一大跤，摔得四腳朝天頭碰地，全身發麻，動彈不得！

《聖經》上說人不可誇口，在什麼事上誇口，就在什麼事上「跌倒」！果然，今年二月，新春不久，連續聽得幾位朋友摔跤，有的跌壞脊椎，有的跌斷腿骨，或扭傷腳腕、跌傷手臂。我在同情與關懷之餘，竟有點的奇怪，覺得這些朋友怎麼都容易摔跤，還一摔跤就受傷啦？

我自己嘛，也摔過幾次，馬上便爬起來一點都不怎樣，拍拍灰就是。平時東跑西奔，上下樓梯走得滿快的，可從沒顧慮會摔跤啊！而且摔得夠重！豈知這思想才產生不久，我便重重的摔了一大跤！

當然是自己不小心呀，那天上午我在家試穿一雙新鞋，新鞋是深藍色有帶子的，鞋底子厚厚似一塊肥皂，賣鞋的說是生膠底，我也深信不疑。生膠底走路輕便又不滑，新鞋穿在腳上非常舒服，穿上就捨不得脫了。在屋裡走來走去，忘了剛擦過地，水未乾，又以爲新鞋眞不滑，不料我由廚房走向書房途中，突然兩腳朝前一滑，整個人重重的滑跌在地上，還來不及思想是怎麼回事，只聽見自己頭撞在地上發出極大聲響，脖子像要斷了似的，無法擡身也坐不起來，過了一下才感到後背、屁股都痛得要命，手臂也不聽使喚了。

幸好這天上午多兒沒課在家裡，他由自己房間聞聲跑過來，驚問「什麼聲音響」？看見媽媽四腳朝天摔倒地下，忙用他有力的臂膀將媽媽抱起，扶我靠在床上問「有沒有什麼地方摔傷？」我覺得除了疼痛，腿腳還算靈活，但後腦殼磕了一個大包好痛好痛！心裡明白摔得不輕，但我對自己一向馬虎，痛得稍好些便照樣做飯操作家務，到了晚上背痛依舊，就叫多兒掛電話問他阿姨，背痛能洗熱水澡嗎？因三妹前不久也鬧背痛。多兒打了電話，說他阿姨非叫我去醫院檢查一下，怕會腦震盪！我想腦震盪不是要頭昏嘔吐嗎？我好好的何必麻煩跑醫院。三妹不放心，連著來了兩個電話勸我去檢查，說如果我不去，她便由木柵趕來臺北陪我去。那時已夜裡十點多，假裝答應她去醫院，結果我還是沒有去。我這個人最怕和醫院打交道，只要有一線希望不必去醫院我就不去醫院！後來知道腦袋被摔傷，或撞擊過，三天到五天之內都是危險期，許多腦震盪者最初也和我一樣沒症狀！

不久，「媽媽摔跤」的新聞傳到國外，兩個大兒子也是急得不得了，連連掛越洋電話問候。那時我正巧看過俞金鳳在《婦友》月刊上「名醫談疾病」，李石增醫師談「頭部外傷」。越感到頭部摔碰的嚴重性，想到如果我腦震盪了，國外兩個大孩子就再也看不見媽媽啦。我想起黃文範的新書《啞玉集》裡，說到：「做媽媽的不論多麼壽登耄耋，總還是眼盯盯注意中年子女長進的跡象。」

如果沒有媽媽，誰能代替我關愛孩子？即使他們都長大了。去年保眞還在母親節賀卡上寫著：

世界之大首推母愛

他鄉雖好不及親情。

盼望天下孩子的母親爲孩子多多保重，不要摔跤才好啊！

惜別中華商場

中華商場拆遷前夕，我特地搭車去探望，像跟老朋友道別一般的心情。暮色中，我自遠處向中華商場注目。正是臺北華燈初上時節，靠近市警局、國民大會對面的中華商場，仍然燈火通明，人來人往照常做生意。可是明天就要停水斷電，並且開始拆除，明天晚上這兒再也看不見亮光了。

我心裡突然難過起來，明天以後，整條中華商場，由北門到小南門忠孝仁愛信義和平八棟老舊的三層樓房，將在地面上消失。大家熟悉的中華商場，也將走入歷史。我感覺十分依依不捨，但又莫可奈何。生活中總會有些東西必須割捨，而汰舊換新的理念永遠被認爲正確的。

不錯，舊的不去新的不來，我們居住的城正朝向時代尖端跟進。中華商場曾經風光過，爲臺北市民帶來繁榮和購物便利過。但年久失修，且阻礙了都市發展，勢必拆除。

舊商場拆去，我們得到的期許將是一座漂亮寬大的地下商業街，以及地面上供市民悠閒散步的林蔭大道。遠景美麗卻無法使我不懷念中華商場，一間間樸實的小店鋪，及交易時人情味的交談。有時不免會討價還價，但尚不致太吃虧上當，同時小店鋪購物那種溫馨，勝過豪華的大百貨公司。

中華商場一樓及二樓，幾百家出售各類貨品的小店鋪，舉凡衣物、鞋子、廚具、玉器古董、錦旗獎牌、旅行袋箱子、體育用品、電器音響……凡生活所需，中華商場幾乎是應有盡有。

再加上全國各省口味的小吃，都在中華商場，假日休閒到中華商場，逛街、購物、吃小館子全包辦了。

孩子還小的時候，住在南部，第一回聽說臺北興建了一座中華商場，我心即嚮往之。初見嶄新的中華商場，是帶患哮喘病的老二來臺北就醫。日後幾乎每月北上一次，當列車駛近臺北站，最先見到的就是中華商場，離開的時候，中華商場又在車聲隆隆中爲我送別。

二十多年前，家遷至臺北，中華商場更是我經常光顧的地方。許多次大酬小宴借重中華商場二樓的「眞北平」，水氽肚兒、炒肝兒、芝麻醬燒餅夾肉、羊肉火鍋……好些聊慰鄉愁的小吃，只有到眞北平才吃得到。早年的眞北平大廚師烹調手藝高，什麼北平烤鴨、芙蓉雞片、水晶蝦餅、生炒鱔魚、栗子燒肉、爆雙脆、紅燒獅子頭，無不京味兒十足。商場其他小館賣的東西也挺好吃，賣葱油餅、韮菜盒子、鍋貼、牛肉麵、餛飩麵的有好幾家。還有專賣溫州大餛飩的，現製魚肉丸子湯麵、餃子館、紅豆花生湯、甜稀飯、酒釀湯圓。另外，有一家專做傳統糕餅店，我每次去都要買幾個甜光餅、鹹光餅，這種餅乾香吃著玩有糧食味，形形色色的小吃，莫不吸引人。

最早一家「吳抄手」也開在中華商場，我愛吃那兒的川北涼粉、棒棒雞、紅油水餃，滿有四川味兒。還有那小籠牛肉痲痲辣辣肉嫩味鮮，也是百吃不厭。

「點心世界」在靠近成都路口的中華商場一樓，是兩三家店面較大的小吃店。油豆腐細粉、炸年糕、臭豆腐、蒸餃包子、韮黃餡鍋貼、甜鹹豆腐腦……樣樣物美價廉，非常大衆化。雖然店後火車通過，時常會有煤煙噪音入店，生意仍然興隆萬分。連老外們，也常光顧「點心世界」，還是我家招待國外返臺親友的好場所。

除了吃，穿的記憶也不少。我曾在商場中段一家童裝店，爲兩幼兒買過不少衣服。他們長大了，高中制服、大學服、商場都買得到。記得最清楚的是老二遺失了夾克，連夜跑到中華商場，找到了同樣的款式，心頭的喜悅無以言宣。又爲身材高大的兒子，訂做牛仔褲、卡其布褲子。老么服兵役的時候，爲他補充軍用大皮鞋、黑襪子，及草綠色鵝毛背心，都是去中華商場買的。

兒子出國念書，也是在中華商場買國旗、和國旗小徽章，和一些繫著中國結的臺灣玉。而且還在一家小小的書店買到幾本好看的武俠小說。另外，中華商場還有小型茶館、算命測字的，眞是五花八門無所不容。中華商場就像純中國社會的縮影，我深深爲它惜別，並祝福曾經有緣在此做生意，過日子的朋友，今後生活愉快健康。再怎麼說，新的總要比舊的好！

—懷念與期盼—

初聽：「臺灣」地名，產生好感且嚮往之，是由兩片新鮮菠蘿引起的。

那時候我剛結婚，抗戰勝利第二年，在南京一位朋友家吃飯。飯後，漂亮的女主人端出一盤水果，黃澄澄的，吃在嘴裡酸酸甜甜，那股子芬芳滋味，別提多美多好吃啦！我禁不住吃了一片，又吃一片。邊吃邊問：

「這是什麼水果？這麼好吃，我從來沒吃過！」

「這是新鮮菠蘿呀，才由臺灣空運來的。」女主人笑咪咪的，瞅著我。喜樂在一旁，故作驚訝的插嘴：

「妳連菠蘿都沒吃過哪？」愛譏笑人的喜樂，又逮著機會笑我，卻不知善解人意的女主人替我回答：

「沒去過臺灣的人，誰都難得吃新鮮菠蘿，你自己又吃過幾回呢？」

的確，我並不是沒吃過菠蘿，只不過以前吃到的是罐頭加工菠蘿，味道大不相同。我想，如果有一天，我到了臺灣，我一定天天吃菠蘿，吃新鮮的菠蘿，吃個够！

《聖經》上講：「行路人不知道自己的腳步」，誰想到當時存在心底的一個小小念頭，一年以後竟實現了。我們闔家乘船渡海，來到了這個以前只在地理、歷史課本中讀到的「臺灣」。先以爲只是暫時「避難」，卻一住就住了四十多年。非但菠蘿吃個够，其他四季不斷的各式水果，每天換著口味，想吃多少就吃多少，這豈是初嘗新鮮菠蘿時，料想得到的？

對於地圖上叫「中華民國臺灣省」，這小小島嶼，情感上比故鄉更親密。因爲我大半生歲月在這島上度過。我與島上每一位居民同悲喜，共榮辱，全臺灣都是我的骨肉同胞！

我相信人腦勝電腦，四十多年，我的腦海深處，儲存著島上數不清的好鄰居、好伙伴。指不定在某個最適合懷人的時節，一張張醇厚樸實的面孔，便重新出現。常常引我回憶初來臺灣，將臺灣當異鄉的日子，混合著陌生新奇的眼光，接受本地同胞款待，他們的友情長遠溫暖著我的心。

記得我們搭乘的大江輪，由於迷失了方向，經過顛簸暈苦六日五夜，才好不容易航行到高雄港，臺灣的青山綠樹，看起來彷彿仙境。碼頭上，擦脂抹紅燙髮的女工，竟都光著兩隻大腳丫子。在大陸，很少女人不穿鞋的，不免稱奇萬分！

幾經輾轉，遷進了正式居所，卻是一棟像孩子聚木搭的小木屋。據說，這種木屋係典型的日式房舍。房屋低矮、窗多門大，不習慣的是進門脫鞋。雖然叫做「榻榻米」的坐臥兩便，外省人仍需得睡床。臺灣剛光復不久，本地家庭有床睡的不多，床貴，房子又小，像現在普遍住大厦睡彈簧床，當時人做夢也想不到吧？

沒有鋼門鐵窗，連圍牆也僅僅是小樹竹籬，鄰居之間不僅鷄犬相聞，人也彼此互通信息。一家炒菜多家香，聞見燒鴨香味，便知道隔壁林太太又殺了一隻番鴨。林太太是烹調高手，一隻番鴨紅燒煮湯之外，還用大塊鴨肉包粽子，那粽子之香糯可口，眞的是賽過滿漢全席。聽見林太太廚房炒花生米，鏟子在鐵鍋翻動的聲音，傳來焦香四溢，我便得趕快預備好一隻盤子。因爲林太太是堅持好東西，要和好鄰居分享的，她的盛情無法推辭。此外，林太太又精女工，洋裁做得第一等。一塊布到她手上，不消半天便縫成一件漂亮睡袍，當然是免費爲我這個外省笨朋友縫的啦。林太太一家四口，先生在市政府服務，一雙兒女尚在稚齡，都理了個日本式娃娃頭。林先生憨厚，孩子乖巧老實。女孩與我的小妹很快結成朋友。後來林妹妹結婚，小妹還爲她擔任伴娘，已經是三十多年的往事了。至今我還清楚的記得，兩個小女孩每天吃飯時，各端著飯碗，站在兩家後院隔著矮籬，邊吃邊聊天的情形。

林先生夫婦，是我們來臺灣，結交的第一家好友。他們夫婦親切的笑容，永遠刻在我心版上。那些颱風後相助重建，病痛時關切，有困難一起解決的情誼，在在令人難忘。初來臺灣我尚未滿十九歲，自然不大懂得人情世故，卻結交到許多如林家夫婦，這般誠摯仁厚的臺灣朋友。無論在嘉義、臺南、臺北，凡是我們居住過的城市，都留下佳美的回憶。

來臺第二年，首次參加慶祝光復節。所謂參加，也僅是不知不覺的遇見歡欣鼓舞的場面。那天假日，我和喜樂帶孩子上街逛逛。出了家門看見左鄰右舍都掛出了國旗，我吩咐讀嘉義中學的二弟，把我家國旗拿出懸掛起來，我們便乘坐三輪車到市區。市區也掛滿了國旗，隨著由遠而近的鼓號聲，來了遊行的隊伍。啊！好長好長的隊伍，有中小學生、機關團體、民間社團……。全都舉著小國旗，載歌載舞，花團錦簇，歡呼口號之聲、鞭炮之聲，不絕於耳。看得我們大人都目不暇給，那未足一歲，乳名：「小小」的小娃兒呢？他在爸爸臂彎內，睜圓他本來就圓的幼兒眼，眼神既驚且喜，在他人生短短歲月中，從未經歷過這麼熱鬧的大場面。我摸摸他的小手，手心濕呼呼的出了好多汗。他一定嚇呆啦，不曉得大人世界發生了什麼事？尤其當七爺八爺出現在遊行隊伍中時，小小身體開始發抖，兩條小胳臂將他爸爸脖子摟得好緊，看得我又心疼又想笑！

各界慶祝光復節大遊行隊伍，絡繹不絕，交通為之阻塞。十月陽光明亮美麗，照得人身心暖烘烘的，但擠在路邊站久了，不免口渴。適在此時，過來一背鐵盒的小販，口喊：「河冰、河冰！」

「河冰」是什麼玩意？我和喜樂都莫哉羊。但見路人紛紛搶購，原來是似冰淇淋的涼食。哈！好極了，我們也買兩個。先讓小小舐一口，瞧他涼得皺眉咧嘴，那表情太有意思了。人家孩子才出生不及一年，頭一遭品嚐「河冰」咧！

後來，我們常拿小小那天的表情，說笑給長大成人的小小聽。這小子成長過程，以及出國留學就業，不知吃過多少各種口味的冰淇淋。相信唯有他生命中第一個光復節，在路邊爸爸抱著，吃的那口冰淇淋最希罕，最有味兒！

也許是物以稀為貴吧？比起以前簡樸生活，清心寡慾布衣便鞋的日子。現代人物質充裕，天天大魚大肉，華服轎車難以滿足，使我對往昔充滿懷念。或許由於那時人們心地單純少受污染，社會上不法行為少之又少。看看現今年輕人犯罪花樣，若祖先有知，不拍案驚奇才怪呢！

我們常感嘆臺灣環保落後，環保自然重要，更重要的是國防與心防，如能提高人民公德心、民族國家意識，改變急功近利、貪婪荒誕自私心態。我想是必須設法找回失去的仁愛寬厚，中國人固有的美德。

我眞的好期望，好期望臺灣回復從前純樸可愛的社會。我們的子孫，也有福遇見我們曾擁有的「好鄰居」！

回到嘉義

離開嘉義長達三十年了，竟沒回來看看！這次趁參與「您所關心的事」系列活動，回到我最懷念的地方，心中的歡喜快樂難以形容！

說起來很奇妙，這項活動共有十二場次，二十多位講員，分到十二處不同的鄉鎮城市，偏偏派我來嘉義，實在太巧合了！

我非學者專家，亦非什麼名人，只不過勉強算是一名寫小文章的作者。我沒教過書，沒有口才，根本不適合站在臺上講話。所以，一想到又要強迫自己去演講，便混身不自在，等於虐待自己。人幹嘛活得好好的，老是要虐待自己呢？身不由主啊，誰叫主辦單位派我來嘉義，嘉義對我的情誼太深太長了，我不能抗拒！

「嘉義」兩個字，在我和孩子生命史上，佔著何等重要的地位？初來臺灣時，嘉義如何張開雙臂，迎接我家老少三代，給經過顛沛流離、艱辛痛苦的旅程的我們，一個純樸安詳的家。那時候，只覺得小小的市鎮似一個世外桃源，紅禍戰火，一切都隔在老遠的千山萬水那邊了，只全心全意的在這海島一隅，守著母親，守著弟妹丈夫，過著偏安的生活。

嘉義是臺灣民風淳厚的市鎮，我們的鄰居更以親切和睦對待新搬來的外省同胞。儘管語言不通，笑聲善意表達了一切。而年節時，四鄰送給我們分享的糕點菜餚，總叫全家大飽口福。那時候，社會安寧，人民生活簡樸，沒有令人提心吊膽的治安威脅，也少有失竊之事發生。我們住的日式小木屋無院牆，竹編門扉，扶桑花木即成矮籬，左鄰右舍水火相照，守望相助。

雖然，我們住址曾數易其名，但不論叫：「新開里」、叫「沿河街」，甚至後來一併劃爲：「垂陽路」，這裡的一草一木都在我記憶中生了根。我兩個妹妹的學校——嘉義女中，在同一條街上。再過去幾步，就是我和母親受洗禮的教會。而出家門過橋不遠，爬上一道山坡，二弟就讀的嘉義中學，旗竿上飄揚的國旗遙遠在望。每逢週末下午，我和母親端個小竹欖子，坐在巷口小河旁大榕樹下，等待大弟穿著英挺的空軍軍裝，邁著興奮的步子朝我們走來，那是母親最歡喜的時刻！惜好景不常，一通電報帶來大弟在岡山飛行失事殉國的惡耗，頓時全家嚎啕大哭陷入了愁雲慘霧。以淚洗面的日子，好鄰居紛紛伸出援手，用他們最誠摯的愛心，分擔我們的傷悲，安慰母親喪子之痛。大弟爲國犧牲了，不久，二弟亦響應獻艦復仇而投效了海軍，爲保衛我們立足的這片土地，不致落入與故鄉同樣被共產黨赤化的命運，母親的兒子們，不惜流血流汗獻出自己的生命與力量！我怎能忘記嘉義，忘記在那兒發生的悲和喜？

喜悅的是幼兒成長，我頭生的兒子保健，在嘉義小木屋綠蔭下，牙牙學語，蹣跚學步，那個充滿涼風的初秋，保健坐在我的腳踏車後小椅子上，去民族國小孩童入學新生訓練。第二年春暖花開時，我第二個男孩兒保眞，誕生在省立嘉義醫院，連嬰兒室也沒有的老舊設備，醫生護士卻人情味十足。記得我住的那間婦產科病房窗外，恰好是太平間，護士小姐特別由她宿舍，取來粉紅色的窗簾爲我掛在窗上。盡職的醫生，爲了我預產期已到，不知什麼時候分娩而取消自己休假，留在醫院等候。保眞超過預產期半個月才出生，爲他接生的產科主任，幽默的恭喜我，說這兒子「大器晚成」將來一定是個大人物！那時候，醫生多有愛心，從未聽過醫生向病人收取紅包的新聞！

保眞如今已長成一百八十一公分，高大健壯的青年，學有所成爲國爭光。他在國內國外，介紹自己時，一定說：「保眞祖籍北平，但生在臺灣嘉義。保眞可以算是嘉義人！」

保眞以嘉義人爲榮，我也深以曾爲嘉義市民爲榮。嘉義機場興建工程進行時，我曾有機會當一名約聘人員，負責中文打字。每天搭乘軍用吉普車，經過芒果樹夾道北迴歸線去上班。三十年前，嘉義與臺灣其他地區一樣，少見電器用品，沒有電視時代，聽收音機是大眾最歡迎的消遣。球賽、廣播劇、相聲、流行歌曲，都聽得津津有味。街頭巷尾，最常聽的是「望春風」和「綠島小夜曲」。每逢火車快開時，車站播音室必放出女高音唱的「臺灣好」。現在一聽見這首歌，就使我回憶起在嘉義的日子，及孩子幼小繞膝，我自己正年輕對未來充滿希望的情景。

那時候汽車不多，摩托車更少，載貨上班頂好的交通工具是腳踏車，以「富士霸王」最耐用，「三槍牌」最拉風。我第一輛綠色女車只有二十六寸，卻讓我騎著它跑遍全市區。假日裡，更和姐妹們結伴遠行郊遊，彌陀寺、天長地久橋，甚至遠征梅山公園，騎得雙腿酸疼仍樂此不疲。

那時候，夏天沒有冷氣，電扇都算有錢人家用的。普通驅熱工具仍借重一把芭蕉扇。鄰居老阿婆，熱得受不住時，她就脫光上衣只著條鬆垮垮的褲子，端著米糠拌大蔥，在院上裡給火鷄火鴨餵食。保健看見老阿婆光夕夕的，露出兩隻乾巴巴吊下來的乳房，用他小手指著大笑大叫，像發現了新大陸！

如今臺灣生活水準提高，老阿婆們不僅衣著華麗入時，且都戴著珠寶掛著金項鍊，紛紛到東南亞、東北亞，甚至歐美各地去旅遊。營養好又知道保重，平時三五成群跳土風舞，練太極拳，人人一身漂亮的運動裝，再也看不到光著上身，腳蹬木屐的老阿婆了！

隨著歲月時光，我們的臺灣由落後而進入現代化。人們衣食住行都進步了許多，唯有生活品質沒有進步。嘉義市容上許多地方已拆舊建新，以前我的孩子買奶粉的「新臺灣」麵包店，是全嘉義最高級的麵包店，現在同樣的店鋪增加了許多。嘉義醫院完全改頭換面了，嘉義市道路闊寬，橋樑翻新，學校等文化設施都較過去好得太多，但卻失去往昔那種寧靜與純樸。

不知道爲什麼，我們有些臺灣的同胞，會變得如此急功近利？什麼時候，買股票、簽大家樂、投資地下公司的歪風，侵襲了臺灣？有一天，我在電視新聞上，得知現在臺灣四分之一的人口在買賣股票，說：「顯示我們已進入開發國家。」是嗎？我對買賣股票完全外行，我只知道一件事，股票讓我的同胞不再安份工作，主婦放棄家務和照顧孩子的責任，公務員不專心辦公，郵局每天大排長龍都是抽股票的。商店、藥店、水電行……走到那兒都聽見一種聲音：收音機播報股票行情。

我不明白同胞爲什麼變得好逸惡勞，以往辛勤工作白手成家的美德，忽然消失了。人們甘冒風險犯法，將錢送進地下投資公司，以爲這樣：「遊手好閒便可賺大錢」!?爲了滿足奢侈慾望，社會上犯罪案件與日俱增。殺人放火，販毒走私，搶刼擄人案，令人痛心疾首的是，犯罪者中有許多未成年的青少年，這顯示學校教育，家庭教育，雙雙走向缺失。而諸般層出不窮的、擾亂社會人心的自力救濟，坦然向公權力挑戰，及民意代表開會時打罵的醜態，在在給我們年輕孩子立下不好的榜樣。

我多麼祈禱同胞再回到人人勤奮努力，安和樂業的日子。我們寧可再過往日簡樸的生活。多麼希望現在的孩童，也能像我的孩子小時候，街上沒有MTV，巷口不見柏青哥。孩子坐在母親腳踏車後小椅子裡，悠悠然行駛在環境清潔，溫馨和諧的自己國土家園，讓美麗的青山綠水，永遠環繞著我們孩子長大的家園。

雖然，我們被視爲「外省人」，但海那邊的中國大陸，早已將我們列爲：「臺胞」了。無論外省人或是臺胞，咱們都是中華民族的子孫，我們都是中國人。都該由衷的爲我們國土祝福，爲我們同胞禱告：我們明天要更好！

—小鎮深情風光好—

社教館觀賞「徐九經升官記」，意外的遇見了劉二哥。他和漢聲劇團的李玉瓏，坐在與我隔三個位子的同一排。我倆同時歡呼、握手、問好，互道：「好久不見！」

眞的是好久不見了，雖然同住在一個城市，平時各忙各的，總要有事才碰面。算算日子，還是三年前出席在加拿大召開的華人年會，請他代訂機票，我去華航看過他。「劉二哥」是華航的副總經理，他向朋友介紹我這個「劉二妹」的時候，必定要說在臺灣，我是唯一去過他的家鄉的人。他的家鄉在四川嘉定下游一個叫：「五通橋」的小地方。我非但去過，而且還在那兒住了三年多。我的小妹在那兒出生，依出生地取名小妹叫「橋民」。

五通橋是個可愛的小鎮，住宅街道依山環水，渡船是主要交通工具。那時候父親在鹽務局工作，由四川自流井調到五通橋任所長。公家爲我們租的官邸，就在劉二哥老家祖宅內。

劉二哥老家的祖宅，是一座梯形三進四合院大建築。這座大房子，是當地最具規模的宅第，寬大宏偉的房舍，庭院深深。我們的家就在進大門左手跨院內，大小共八間房子。房主人是劉二哥的奶奶，胖呼呼很富態的老太太。接下來是劉二哥的大伯母，精明能幹，達觀灑脫，人情味十足的主婦。再下去是劉二哥的大嫂，受過新式大學教育，留學美日，學識豐富但謙和平易。

我爲什麼舉出這一家三代的婦女呢？因爲她們都是寡婦。奶奶的丈夫故去理所當然，老了嘛！大伯母的丈夫聽說是位師長，剿匪戰中陣亡。大嫂的丈夫則係生病誤醫，死得寃枉，令人惋惜！

我們常說「富而好禮」，這四個字就是他們祖孫三代的家風。他們家產甚多，除了「鹽井」和「炭槽子」之外，尚有許多田產。由過年時，宴請佃客之盛況，可以證明大戶人家日常生活開銷的來源。

父親調職五通橋時，我約有八九歲，念小學三年級了。從住進劉二哥老家的大院，我們一家便無微不至的，接受房東祖孫三代的照顧和關愛。他們出租房子其實不爲了收那點租金，因爲他家房子實在太多了，需要可靠的房客做個伴兒而已。是故，我們一年到頭，按著季節收到他們贈送的蔬果、糧食、土產食品，實在是量多味美取用不盡。比如新鮮玉米收成了，先是接連數日被邀去品嚐：「包穀粑」——四川人叫玉米爲「包穀」。

那鮮嫩玉米烙的「粑」（薄餅），好吃得簡直形容不出來。每個都烙得外焦裡潤，火候恰到好處。再加上他們廚司拿手的四川菜，火腿多瓜湯，每次都撐得肚子像小鼓一般，我才肯放下筷子。包穀粑吃過幾次不久，長工們就送大簍的玉米到我家廚房。於是廚房裡又天天溢出煮玉米的香氣。

端節粽子、中秋月餅、過年時更是不得了，大塊的臘肉、醃雞、醬鴨、豬肝、豬肚——凡是房東家的年食，無不分給我們。而他們大戶人家殺年豬一次至少兩三隻，早在春節前一個月，就開始了。自己養的，佃客送來的肥雞大鴨，太多了都提早製成臘味。豬肉分段或醃了再薰，或灌香腸，炒肉鬆。豬油裝滿好幾個大罈子，做米花糖時就分豬油和麻油兩種。年節近了，大蒸籠不斷出爐，梅乾菜豬肉餡、豆沙棗泥餡，蒸那種糯米拌合草香植物黏潤皮兒的：「葉兒粑」。種類繁多不及列舉的年食，我們都坐待享用。若問爲何房東對我們這般熱忱？因爲母親跟大伯母很投緣，兩個最小的弟妹，都拜了大伯母爲乾媽，兩家已結成親家了。

四川人熱情好客，我的小學同學們，常會出乎意外的，於放學路上拉我去她家吃飯。同學的父母必笑臉相迎，忙著加菜。吃飯時，碗中飯尚未用完，背後就伸出一隻手端著裝滿的一碗飯，迅速的倒扣在我的碗中，像個小山丘，此飯云：「冒兒頭」。此乃四川同胞殷勤待客之道，冒兒頭吃得越多，主人越喜歡！

小鎮房舍低矮，沿河卻有許多高大挺拔的黃角樹，春夏撐起滿枝綠葉。與住戶門前白蘭花、桂花，和沿街小山坡野薔薇等相映，可謂花香樹蔭滿村莊。我每天早晨步行十五分鐘，到鎮上「民益小學」。晨操全校唱軍歌，高喊抗日口號。當時正值政府展開全面抗日，重慶、成都，日夜遭敵機轟炸，同胞死傷無數。國軍健兒守土保疆，與日寇作殊死戰，寧靜小鎮亦嗅到戰火味兒。校長每天為全校上完「國民道德」課程，必加上一段抗日戰爭實況報導，和愛國保鄉人人有責的訓話。

五通橋小鎮原像世外桃源，居民只懼怕「棒老二」土匪，對前方尚未傳到四川後方的戰火，甚少驚心。我剛升小學五年級，立即編入「學生下鄉宣傳抗日後援隊」，由導師率領到附近農村，宣傳日寇侵華血淚，唱抗敵歌、演街頭劇。同學們個個手執標語，和青天白日滿地紅小國旗，呼「打倒日本帝國主義」、「打倒漢奸賣國賊」，儘管同學的腳，有些已為草鞋磨破，但人人意氣高昂，熱血沸騰。

房東大伯母愛國不後人，大力捐獻支援抗日。大嫂更到「抗日後援委員會」，做義工。我和姐姐每天放學，原都是先到大嫂書房，給她查驗我們的國語、算術、課業簿。自從大嫂加入抗日後援委員會做義工，就無法當我們姐兒倆補習功課的義務老師了。但大嫂仍然記得叫傭人端點心給我們吃，只要她有空，還是會帶我們搭小船，到對岸市集小店吃「雞肉豆花」，還有百吃不厭，脆得爽口的痲辣雞腳皮。母親說大嫂對我們好，因爲她沒生小孩兒的緣故。寫到這兒，我腦海中又浮現每年端午節，全家和房東伯母、大嫂坐在張燈結綵的大船上，看划龍舟搶鴨子的興奮。似乎又聞見雪天院子裡濃郁的蠟梅香。夏日午後，晚香玉瀰漫的黃昏來到了，看見我載滿親情友愛，充滿芬芳的歡樂童年！

——常常想起那樹——

《聖經·創世紀》上說：太初，上帝創造宇宙。第一天是「光」，第二天分「穹蒼」與「海洋」，第三天造了「陸地」後，便吩咐陸地生長各種「植物」。植物內最多的是「結果子」與「不結果子」的「樹」。第六天上帝才照著祂自己的形象，創造了「人類」。宇宙中還沒人類之前，已先有「樹」了。樹對人類，可見是多麼重要！

隨後，上帝又爲人類在東方開闢了一座叫「伊甸」的樂園。樂園裡生長許多美麗的樹，出產好吃的果子。人類原可依賴樹，生活得無憂無慮，奈何聽信「魔鬼」的化身「蛇」的引誘，吃了上帝禁止吃的分別善惡的果子犯罪，被驅出伊甸園。

因此，「樹」對人類不僅息息相關，而且是善與惡的見證。樹在人生中象徵生命的永恆，做生命的日曆，分別了春、夏、秋、冬。

「樹」也陪伴每一個孩子成長，有名的童謠「菩提樹」，就給人一種「樹友」的回憶，「樹」帶給孩子童年溫馨快樂的回憶。相信很多人和我一樣，由小到大，有許多不同的樹一起生活，建立了難忘的友情。大樹分享過他們成長過程的歡欣和喜悅，也分擔了他們幼小心靈的悲傷與失望。要不，爲何余天最受歡迎的一首歌，是「榕樹下」呢！

我常在思鄉的夢魂中，牽繞懷念老家祖宅那幾棵樹。無論堂屋外兩盆結子纍纍的石榴樹，或是院角上果實像小紅太陽般的大柿子樹，以及家門外高高大大的大槐樹，在記憶中都那麼親切可愛！

春天的時候，槐樹花開，濃香瀰漫整條胡同。夏日炎炎的黃昏，我和姐姐與鄰舍小友在樹下追逐遊嬉。玩得正高興，順著長絲吊下一隻毛毛蟲，嚇得我們大喊：「吊死鬼來嘍！」

秋天葉子落盡，冬來大槐樹枯枝棲滿寒鴉。乍瞧，活像一株「烏鴉樹」。遷離老宅時逢歲末雪天，大槐樹披著厚厚的白雪，爲我們送行。

新居距老宅不遠，原係某位皇帝乳娘住的胡同，故名「奶子府」。巷道兩旁遍植梧桐樹，梧桐樹身筆直，葉肥俊美，滿巷樹蔭。

新居小四合院內，有兩棵老丁香。春夏開花，翠綠葉子裡點綴出團團的十字花球，恍惚一片紫雲紫霧，清香襲人！我和大姐放學回來，晚餐前喜歡坐在丁香樹下，兩人拉開嗓門高唱：「記得我呀小時候住在丁香山上，現在老想回到那兒去玩玩，玩一玩，玩一玩，丁香山！」

誰也不曉得丁香山在哪兒，更沒人去過。丁香山或許代表童年家園，有樹的地方吧？樹不僅存在孩子的童年，也伴著他們去走天涯路。三毛寫詞的「橄欖樹」正是跟人流浪的樹啊！

抗戰時，和父母去了四川。天府之國數不清好山好水，水畔山頭多奇樹。但長留心底的卻是爲躲避日機轟炸，住在成都郊外，那些樵夫挑著剛砍下的樹枝。那一捆捆猶帶著新抽出嫩葉的枝枒，顫抖抖的瞧著叫人心疼。叫我聯想失枝的老樹青綠不再，不再迎春！

鄉居草屋簡陋，所幸院前院後花樹林立。小鳥在樹上唱歌，蝴蝶來花前飛舞。後方貧乏的物質生活，因有樹而不覺其苦。

四十餘年前，渡海來臺，先已聽說臺灣是一座美麗島。四季如春，花木茂盛。不錯，我們初來時的確如此。奈何隨著經濟繁榮，人民生活富裕，開山闢路都市建起高樓大厦，許多美麗的樹被犧牲了。很少人顧念森林爲國家重要資源，也沒人關心樹木跟環保密不可分。

前些日子，與文友參加大雪山「森林之旅」，有機會拜訪樹的老家。結識獻身林業三十餘年的技師陳啟源先生，他像介紹親生子女般，向參觀者，講解每一種樹，使我深深感動。

這些年，林務局在造林、育林上，下了很多功夫。雖然是他們分內的工作，但在經濟掛帥、功利主義的今天，聽不見掌聲的努力，甘心去投入的畢竟不容易。

若要希望我們的下一代，生活環境也有綠樹常伴，若要臺灣維持「福爾摩莎」的美名，眞如年輕朋友所言：只有森林能挽救臺灣，不失掉以往「美麗島」的佳譽。

適逢綠化年，書此爲念。

——童年美樹——

「路邊一棵榕樹下，是我懷念的地方——」

每當聽見這首抒情的老歌時，總是會想起在故鄉伴我渡過童年的大槐樹。那棵大槐樹長在北平老家大廳外頭，高大粗壯的樹幹，枝枒濃密的伸向我家院子裡。春天，可愛的小鳥兒在樹枝上唱歌、夏天有動聽的蟬鳴、秋天有飄逸的落葉、多天有好看的雪花！

大槐樹是我小的時候，美麗和歡樂的泉源。它開花的季節，空氣中泛著甜香。花謝後，院裡院外一片綠蔭。多少盛夏午後，我和小朋友在樹下盪秋千，秋千的繩子就掛在樹的橫枝上面。陣陣南風吹過，把童稚無憂的笑聲，吹到院外，讓路人分享我們的歡樂。

黃昏時分，老奶奶和我們坐在大槐樹下乘涼，晚風透過樹隙，吹得人心舒暢極了！老奶奶的芭蕉扇子有一下沒一下的輕拂著，嘴裡喃喃的給我們說些講不完的老故事。大槐樹像一位年高德劭的紳士，卓卓屹立，蔭庇著樹下的老婆婆、和小孩兒們。大槐樹也像我家的衛士，看見它，便有安全感。

一年四季，孩子們坐在樹下，觀賞門外不同的街景。街景對小孩兒有無比的吸引力：賣綠盆綠碗兒的過去了，賣金魚的過去了，富連成科班的小戲子，到隔壁戲園子來上戲了。他們清一色都是小男生，月白色大掛衣領上，都斜插著一把摺扇。晚上，大槐樹下便可聽見悅耳的胡琴，和清脆的二簧聲了（京戲）。

午睡醒來，小朋友在樹下捉迷藏。五六個小玩伴手拉手，圍成一圈兒「扯軲轆圓」。玩著、玩著，門外賣豆粥的過去了，賣老豆腐的過去了。盼望中，最受小孩兒歡迎的敲著黃銅冰盞，賣酸梅湯的來了。趕快丟下玩伴兒，跑進屋找老奶奶，老奶奶由懷兜裡掏出兩個銅子，喝一碗酸甜冰冽的酸梅湯，還可以再買幾粒菓子乾、玫瑰棗解解饞。冬天，烤白薯焦香冒著熱氣，冬陽將脫光葉子的枯枝樹影，照在四合院石階上，拖得長長的，暖暖的……

自從離開了故鄉，再沒見過一棵大槐樹了。童年朝夕相處的美樹，常在我夢中出現！結婚後，到了臺灣，我的孩子都是在綠蔭庭院裡長大的。臺南舊居後院，有兩棵高大的白蘭花樹，孩子的父親，用木板爲他們搭了一座小亭子，變成三個男孩小時候的「樹上之家」。他們在樹上乘涼、看書、唱歌，大樹也伴他們渡過快樂的童年！

一綠的頌歌一

造物者眞奇妙，選顏色時，將大多數植物，配成綠色。「紅花綠葉」美而悅目。我常想，假若當初造物者以：「綠花紅葉」來定色，不知是什麼光景？不錯，紅葉也很好看，但因其稀少，才不會使人看了「眼累」呀！如果環山遍野，觸目所見全是紅色，一定會很難看又很難過！不僅人的眼睛適宜綠色，所有的動物恐怕都歡喜綠色。西班牙鬥牛士，不是用紅布引誘牛發怒嗎？假如換成綠色布，可能牛非但不怒，還會乖乖的讓人牽著牛鼻子走呢！

根據醫學上講：「綠」，對人眼神經有助益，綠令人心靈舒適。故一般醫院開刀房，大都採用綠色，做醫護人員制服。我喜歡紫色，要是醫院都以紫色做制服，也不合適。要是所有樹葉都變成紫色呢？那就更受不了啦！

不知是習慣使然，還是天性如此，人們對「綠」的需要，較其他顏色來得高。無論深碧如群山，淺綠如草坪、蒼鬱如老樹，都是深得人心的：

「綠」──我多麼感謝上帝，賜給人間看不盡的綠樹。每當我乘計程車，總是在告訴計程車司機地址時說：

「謝謝司機先生，請您由仁愛路轉敦化南路，下和平東路的基隆路好嗎？」

我要求走這路線爲的是看綠樹！臺北市的樹已經不多了。蓋房子、擴充馬路，以及好些不明就裡的原因，將原本生長在路邊，委曲求全供給市民綠和美，爲市民淨化空氣、調劑景觀的「樹」，任意砍伐得消失了踪影。在經濟繁榮，人民生活品質低落的社會，人們只醉心股市行情，無暇顧及環保，更鮮有人爲舒展人心的「綠」費心思。高樓迭起，綠樹缺少生存空間。貪婪之島眞的以：「水泥森林」，代替了綠意盎然的美麗森林。這不僅是人民的悲哀與損失，也是國家的不幸！

欣逢綠化月，讓我們一齊響應林務局愛樹、護林的運動吧！

樹語

樹會說話，您相信嗎？

「森林之旅」那夜，投宿在山間小木屋裡。小木屋無處不是森林的化身，整棟房子之外，家具、擺設，全由山中原木製成。

山陰夜深，萬籟俱寂。我和愛亞各據一床，同室而眠。厚重的棉被似乎擋不住山間寒意，久久不能入睡。披衣而起，隔著玻璃窗探視。

窗外夜色迷濛，樹影小徑隱約可見。忽然，眼前出現一樣綠色的小東西，活像小人兒穿著一身樹皮樹葉的衣裳，那綠好看極了，我敢保證誰都不曾見過。柔和、自然，綠得人眼明亮，綠得人心舒暢。

小東西擡頭朝窗內招手，是喚我出去嗎？不忍驚醒熟睡的愛亞，我穿上雪衣，戴上手套，用圍巾將脖子和頭團團圍住，悄悄開門走到室外。

「嗨！你是誰呀？」我壓低聲音問道。

「我是小紅檜呀，你怎麼不認得我？」

「小紅檜，小紅檜是那一國的小孩兒？」

小紅檜噗哧一笑，輕聲的說：

「我不是那一國的小孩兒啦，我是樹！你知道嗎？我們樹是不分國的，不像你們人類，成天你國我國，彼此猜忌，互相傷害。我們整個宇宙的樹，都是一家人。」

「我們樹只分種，雖然紅檜是世界上最優秀的樹種，但我們的叔伯兄弟，松、柏、杉……許多許多樹，也各有其不同的長處。」

小紅檜慢慢的說，臉上一直掛著微笑，聲音悅耳極了。我聽了很開心，卻又好奇的問：

「你曉得我最愛樹啦，不管什麼名不見經傳的醜樹，我都喜歡。但我早聽說過，臺灣的紅檜已快絕種了!?」

「黑白講啦，大傻瓜人類！說這話的人有夠笨哪。我們樹不像其他生物，我們的根在地下，有土地就有樹。我們的源頭在天上，有宇宙就有樹。你沒讀過《聖經・創世紀》嗎？上帝創造宇宙萬物時，我們「樹」可是在你們人類之先呢！好些人不曉得這一點，也不懂我們樹與你們人類息息相關呢！他們以為樹是人種的，便任意破壞我們的生態，濫墾不僅影響水土保持，也為你們生命財產，造成威脅！你們什麼時候破壞森林裡的樹，就在什麼時候遭受到水旱災的懲罰！」

「你不知道吧？我們樹除了為你們調和空氣中的水量，為你們造雨減少旱災，還可以為你們淨化空氣。你不信試試吸口氣，看看這裡的空氣，比你們城市無樹汚濁的空氣，多麼不同！」

「至於我們紅檜，並不是快絕種了，而是你們人類貪圖我們身上的財利，只是一味的砍伐，不肯好好的培育保護，我們就躲進泥土下面，叫你們看不見。但我們是永遠、永遠不會絕種的。你白天不是看過我們的祖爺爺了嗎？你曉得紅檜祖爺爺樹高四九公尺，樹齡一千四百年，遠在你們人類上古南北朝時代，他老人家就來這兒啦！而就在他四週，好些爺爺、伯伯佇立在山坡上，環繞在我們紅檜祖爺爺身旁，我們不會絕種啦！」

天亮了，小紅檜消失在綠色迷霧裡。我如在夢中醒來，群樹在晨風中搖擺，簌簌而歌！

林安保

自幼讀書不求甚解，數學一科，總是在不及格的邊緣，更甭論什麼自然科學啦。天文地理對我可說是：「一竅不通」！唯有關於國文方面的，稍稍懂得一點點。

長大後，爲了適應生活環境，勉強去瞭解一些動植物、工商業等學問。又由於騙婚成功的丈夫，是航空工程「專家」，我的胞弟考進空軍幼校，對「航空」的常識也有了一些。

接著三個兒子長大了，老大念化學，有機化學、藥物化學是他的專長。老二念森林，造林、育林、護林、外加遺傳學、演化論……。凡是涉及天然資源、生態保育，老二都得精通。我也知道一點皮毛。老么學了植物病蟲害，舉凡花草、盆景、蔬菜、玉米、番薯，只要沾上點「植物」邊，發現生蟲、爛葉，都可以問他。

三個兒子中，老大及老么還算安份，還肯埋頭幹自己的活兒。唯有老二保眞，寫了點文章，遺傳到他母親愛好文學的性情，對他自己所學所曉，而又對社會大眾福利相關的「環保」知識，常形諸於文字，且大力灌輸給老媽。老媽我原無心過問樹是怎麼生長的，爲什麼工業社會人口激增，用紙量大，紙的供應者——森林，尤其是熱帶雨林，就會遭受到嚴重的迫害？

根據調查估計，現代人浪費紙的程度，已到了每一秒鐘，就有一片像是球場面積的森林消失。若不爲森林保育設法，下個世紀來臨時，地球上原始森林將消失殆盡！

上帝只賜給人類一個地球，而森林是地球的肺，是水土保持的守衛者。保眞遠在十年前，以小說方式：「大森林」、「失去的原始林」、「林裡林外」，合組爲「森林三部曲」，就做了森林的代言者。更遠在他大四的時候，和同學入山採訪濫墾、盜林情形，撰寫：「哭泣的梨山」和「撕破的雨衣」，爲森林大聲疾呼。

惜當時保眞年紀輕，臺灣各界尚缺少環保意識。雖然他的文章和小說，都經各大報副刊採用，讀者僅欣賞其文筆詞句和小說情節，護林主題未引起太大迴響。多年後，臺灣嚐到水災、水患苦果，紛紛以環保當口號。近年並成立環保署，倡導各項環保措施。簡又新署長，趙少康署長，可說已爲環保竭盡心力。

森林與人類禍福相依，是維持生態平衡重要角色。身爲家務卿老媽，因有個學森林的兒子，又因寫了點小文章，被列爲：「作家」。認定比普通人多了一項「稿紙」的耗費，時刻擔心自己也在迫害森林上有份。前不久，主婦聯盟寄來調查表，詢問「小民」是否贊成用「再生紙」？小民連忙用簽字筆，大大的寫了兩個「贊成」！

事實上，我現在寫稿的稿紙，就是自立報系贈送的再生紙，很好用。雖然我還有其他報紙副刊印贈的潔白漂亮稿紙，也有出版社贈予的，足夠我寫上數十萬字。但我喜歡一次造紙之後，建立起：「舊紙循環使用」的觀念。減少新生紙的耗量，便可救部分森林，免爲被砍伐的刼難。

年初承林務局邀請，主任秘書林德勝先生協助策劃，及臺灣各報副刊推介作家參予，深入山內拜訪了森林的老家。文友們親眼看見林業人員，爲育林理想投入，辛苦工作情形，都覺得非常感動。站在群山環繞蒼郁的森林中，呼吸清新芳香的空氣，感覺身心都無比舒暢。

回程的山陰水路上，兩旁樹木林立歡送。盈眼皆見不同色系、深淺有致的「綠」。欣逢綠化月，我們要感謝上帝，賜給人間養目怡情的綠草綠樹。我想到新學得的一個名詞：「保安林」。這名詞取得太好：假如沒有林，水源便無法涵養。假如沒有林，土砂便不能扞止。假如沒有林，飛砂便難以防止。假如沒有林，便不能防風、防水害、防旱災！假如沒有林，「風景」便不存在。青山綠水的根源是——森林。

林木能遮蔽陽光、調節水溫，腐枝落葉可供魚類食餌。林木可鞏固岩石，避免落石危害交通及村莊安全。

最重要的，假如沒有林，人類住處將多麼枯燥。當我們去歐美先進國家旅遊時，甚或是東南亞、新加坡，以及大陸北京。我們會發現任何地方，都市裡皆隨處可見葱鬱高大的樹林。他們馬路邊多：「行道樹」，住宅區多：「庭院樹」，越是重要的政府辦公大樓，越離不了高大挺拔的樹。親愛的同胞們：「人家能，我們為何不能？」我們也需要：「保安林」！不是嗎？

綠遍天涯樹

大年初六，承林務局何德宏局長邀請，與文友們赴東勢林區，駛馬山作兩日參觀旅遊。雖因氣候欠佳，許多景觀都蒙在霧裡了，但得到許多以前未曾聽過，關於臺灣林業的情形。親見深山工作人員，辛勤的造林、育林、護林，努力耕耘，不計較名利，不怕寂寞，默默爲臺灣林業而付出，非常感動！

其中一位陳姓技師，據說他四十七年大專畢業，即入山工作，三十多年歲月，他一直守著山中的林木。聽他向文友們介紹每一種樹的習性、用途，像介紹自己兒女的專長。又像數算珍寶般，臉上流露出喜悅的笑容！

又如陪同前往的白副局長，他是剛由東北大學森林系畢業，即隨父母來到臺灣。進了林務局由基層做起，四十多年漫長日子，他有說不完有關林業的故事。

在寒冷的氣溫下，我們探訪了生長在高山的群樹老家，拜候高齡一千四百多年的：「紅檜爺爺」。在由原木搭建的「小木屋」裡過夜，吃高山沒有農藥汚染的菜蔬，享受無邊無際的綠色大自然，十分心曠神怡！

可惜「山中無日月」，正留戀忘返，竟到了歸程時候。午後出現陽光，沿途山巒湖泊盡破霧而出。山路兩旁諸樹隨風款擺，似歙歙而歌，似瑟瑟細語，似爲著山上陰濕向旅客道歉。忽而翠竹千竿，忽而扁柏俊俏。那枝枒崢嶸的是古松，瀟逸如君子的是雲杉。會合許多不知名的樹，以濃濃的綠，夾道歡送我們的車子，駛出山區。

在山裡飽吸群樹的「綠」，我感覺雙目明亮了好些。如果沒有「樹」，宇宙中誰帶給人類，這麼多令人看了舒適的綠呢？我愛樹，不說樹對我們生活上的經濟價值，只欣賞樹的美，就已經足夠我對樹的迷戀了！

在我大半生歲月裡，從小到大，見過不少可愛的綠樹。幼時家園的樹自是難忘，他鄉流浪時遇見的樹也長在心頭。尤其是出國旅遊，每到一處，都有代表那地方特色的樹。北京機場路茂密如林的白楊與河柳，瑞典斯得哥爾摩公路上黑白相間樹幹的，是黑松與楊樹。馬來西亞吉隆坡，有細高碧翠的橡膠樹。美國華盛頓，國會圖書館外淺綠草坪上，蒼葱的樺樹。加拿大愛城，亞爾伯他大學校園裡，大葉子棲滿喜雀的樹。抵擋風雨的木麻黃，大幅綠緞子的芭蕉樹……。我記得每株有緣相見的樹，卻淡忘了出名的建築與人物，不知爲什麼呢？只因爲樹的品格比人更可愛，所以造物者使他們擁有美麗的「綠」——綠遍了天涯樹！

小民寫作年表

民國十八年

生於中國東北吉林省長春市。遵祖父立下的規定，孫輩皆依出生地命名，故我的名字是「長民」，乳名「小二妞兒」，因排行第二。祖籍北京市。

民國二十年

九一八事變，母親攜我及大姐「漢民」，擠上從長春開往北平的火車，中秋節前夕安抵北平老宅大院。次年，母親生下大弟，北平古名燕京，故大弟名「燕民」。

民國二十六年

七七事變，父親攜妻（母親）、妾、二女一兒至上海，復乘民生公司客輪由長江直航四川重慶，轉赴嘉定下游「五通橋」。

民國三十年

小學畢業，父親調職成都，我入成都中華女中。在校作文常得高分，與同學合編壁報宣傳抗日。受當時就讀燕京大學新聞系的表哥影響，開始閱讀中外文學作品。當時家中已陸續增添二弟「偉民」、三妹「榮民」、四妹「橋民」。

民國三十四年

日本無條件投降，舉國歡騰。

民國三十五年

父親奉派赴東北接收民航機，卻一去無音訊，置妻、妾與六名子女於不顧。雙十節，奉母命與時服務於空軍航空研究院的姜增亮訂婚；次年結婚。

民國三十六年

十八歲，十一月長子「保健」生於成都婦嬰保健院。

民國三十七年

偕母親、弟妹、丈夫、孩子至南京。僅數月，國共戰爭濃雲密佈。年底隨丈夫服務機關遷臺灣，自虎尾至嘉義定居。

民國四十一年

大弟燕民於空軍官校熟習飛行中失事殉國。

民國四十二年

入中華文藝函授學校，係詩歌班第一屆學生。蒙班主任名詩人覃子豪賞識鼓勵，多首新詩習作於《公論報》、《藍星》詩刊發表。同年，悼念大弟詩作〈碧潭吟〉發表於《中國的空軍》月刊。

民國四十四年

次子「保眞」生於嘉義省立醫院。撫兒育嬰生活寂寞辛勞，僅與愛好文學的鄰居好友交換報紙副刊，作為消閒閱讀。想作女詩人之夢，已被嬰兒啼哭聲及尿布奶瓶打破。

民國四十四年

全家遷居臺南市。

民國五十二年

三子「保康」生於臺南空軍醫院。因係兩個男孩子之後多出來的一個，乳名「多兒」。

民國五十三年

慈母因病逝世，享年僅六十六歲。

民國五十九年

第一篇投稿給《中央日報》「中副」的散文：〈母親的頭髮〉於五天後母親節見報，鼓舞我繼續寫作投稿的信心。隨後散文作品源源刊登於《中央日報》「現代家庭」版，筆名均用「小民」。

民國六十年

全家遷居臺北。以幼子「多兒」和他的小表妹們為題材，為《中央日報》「現代家庭」撰寫「多兒的世界」專欄。

民國六十二年

香港道聲出版社為我印行兩本四十開雙胞胎小書：《紫色毛線衣》、《多兒的故事》。兩書封面均由丈夫繪圖。經三民書局劉振強董事長惠助，將兩書陳列於臺北重慶南路三民書局書架，我為之振奮不已。

民國六十三年

作品發表園地擴展至《新生》、《大華》、《國語》等報副刊。應臺北道聲出版社社長殷穎牧師邀約，出版散文集《媽媽鐘》。該書意外暢銷，連印數萬冊。長子保健、次子保眞，均起而效法母親投稿。保健於赴美留學後，第一篇文章〈留學何時了?〉發表於《中國時報》「人間副刊」。保眞的首篇作品〈由大學聯考一則國文試題談起〉，則發表於《中央日報》「中副」。受此鼓舞，保眞開始他的寫作投稿生涯，日後亦出版數本小說、散文集，獲得國內多項文學獎。

民國六十四年

《多兒的故事》更名《多兒的世界》，增添內容，改為三十二開由臺北道聲出版社出版發行。

民國六十五年

散文集《婚禮的祝福》、《五月的餘音》，分別由臺北的道聲出版社及中國主日學協會出版社出版。

民國六十六年

散文集《彩虹與永約》、《紫窗外》，分別由中國主日學協會出版社及巨浪出版社出版。

民國六十七年

為《甘露月刊》撰寫專欄「小涵音的故事」；臺北林白出版社出版散文集《回憶曲》，書內收進已故詩人覃子豪先生書信及詩作原稿眞跡多篇，以為紀念。

民國六十七年

由臺北水芙蓉出版社出版《小民散文自選集》。同時與全家人合集的《全家福》，臺北文豪出版社出版。為臺北近代中國出版社撰寫青少年小說「國父傳」，書名《永恆的火炬》。

民國六十七年

應《中央日報》「中副」主編孫如陵之邀，撰寫專欄「故都鄉情」，由丈夫以筆名喜樂配畫。同年為近代中國出版社撰寫兒童連環圖的故事，描述革命先烈林覺民事蹟，書名《光芒的麥種》。

民國七十年

臺北道聲出版社出版另一本全家合集《紫色的家》，並首次為道聲出版社主編散文集《母親的愛》，因內容溫馨感人而大受讀者歡迎，造成洛陽紙貴的搶購熱潮。同年復主編散文集《朋友的愛》，臺北九歌出版社出版。

民國七十一年

臺北黎明出版社出版《小民自選集》。為九歌出版社續編《師生的愛》與《同胞的愛》兩書。

民國七十二年

《故都鄉情》、《淡紫色康乃馨》分別由臺北的大地出版社及基督教論壇報出版社出版。開始為《中華日報》家庭版撰寫專欄「紫色的家」。

民國七十三年

主編散文集《上帝的愛》，臺北的聖經公會出版。由九歌出版社印行配畫《春天的胡同》。同年大陸北京的友誼出版社，以橫排簡體字印行出版《故都鄉情》，出版前未徵求我同意，事後才知道。

民國七十四年

臺北道聲出版社出版散文集《親情》。主編散文集《歲月走過》，臺中晨星出版社出版。

民國七十五年

主編散文集《父母的愛》，九歌出版社出版。為《大華晚報》「淡水河副刊」，與丈夫喜樂合寫專欄「無所不談」。同年，日本恆崗利一校長翻譯出版《春天的胡同》日文版，事後才知道。散文集《紫色的歌》，由晨星出版社出版。

民國七十六年

臺北光復書局出版第三本全家合集《闔家歡》。

民國七十七年

第三本配畫的《丁香季節故園夢》（後改名《故園夢》），九歌出版社出版。為《中央日報》家庭版撰寫專欄「生活隨筆」。赴馬來西亞出席第三屆亞洲華文作家年會。

民國七十八年

為《倩》月刊撰寫專欄「新居筆記」。與丈夫喜樂同赴加拿大阿爾伯他省，出席加拿大華人學會，演講「臺灣女作家」。

民國七十九年

為《中華日報》兒童版撰寫專欄「童年趣事」，由丈夫喜樂繪彩色插圖。赴大陸北京出席兒童文學研討會。

民國八十年

為《婦友》雙月刊撰寫專欄「傻門春秋」。主編夫妻對寫散文集《歡喜冤家》，臺北健行出版社出版。

民國八十一年

出席第一屆全球華文作家大會。

民國八十二年

散文集《媽媽鐘》由健行出版社重排再版問世。與丈夫喜樂、次子保眞、作家高大鵬、官麗嘉，聯合發起成立「中華基督徒作家聯誼會」。

民國八十三年

主編安慰傷痛散文集《走出流淚谷》，臺北道聲出版社出版。《永恆的彩虹》、《紫水晶戒指》兩本小品散文集，由臺北三民書局出版。

獲獎

一、第二十五屆中國文藝協會五四文藝獎章散文獎

二、第三屆湯清基督教文藝獎散文獎

三民叢刊書目

㉑浮生九四・雪林回憶錄　蘇雪林著
㉒海天集　莊信正著
㉓日本式心靈・文化與社會散論　李永熾著
㉔臺灣文學風貌　李瑞騰著
㉕干儛集　黃翰荻著
㉖作家與作品　謝冰瑩著
㉗冰瑩書信　謝冰瑩著
㉘冰瑩遊記　謝冰瑩著
㉙冰瑩憶往　謝冰瑩著
㉚冰瑩懷舊　謝冰瑩著
㉛與世界文壇對話　鄭樹森著
㉜捉狂下的興嘆　南方朔著
㉝猶記風吹水上鱗・錢穆與現代中國學術　余英時著

㉞形象與言語・西方現代藝術評論文集　李明明著
㉟紅學論集　潘重規著
㊱憂鬱與狂熱　孫瑋芒著
㊲黃昏過客　沙究著
㊳帶詩蹺課去　徐望雲著
㊴走出銅像國　龔鵬程著
㊵伴我半世紀的那把琴　鄧昌國著
㊶深層思考與思考深層・轉型期國際政治的觀察　劉必榮著
㊷瞬間　周志文著
㊸兩岸迷宮遊戲　楊渡著
㊹德國問題與歐洲秩序　彭滂沱著
㊺文學關懷　李瑞騰著
㊻未能忘情　劉紹銘著

㊼發展路上艱難多　孫　震著
㊽胡適叢論　周質平著
㊾水與水神　王孝廉著
㊿由英雄的人到人的泯滅
・中國的民俗與人文　金恆杰著
51重商主義的窘境
・法國當代文學論集　賴建誠著
52中國文化與現代變遷　余英時著
53橡溪雜拾　思　果著
54統一後的德國　郭恆鈺主編
55愛廬談文學　黃永武著
56南十字星座　呂大明著
57重疊的足跡　韓　秀著
58書鄉長短調　黃碧端著
59愛情・仇恨・政治
・漢姆雷特專論及其他　朱立民著

60蝴蝶球傳奇　顏匯增著
61文化啓示錄
・真實與虛構　南方朔著
62日本這個國家　章　陸著
63在沉寂與鼎沸之間　黃碧端著
64民主與兩岸動向　余英時著
65靈魂的按摩　劉紹銘著
66迎向眾聲
・八〇年代臺灣文化情境觀察　向　陽著
67蛻變中的臺灣經濟　于宗先著
68從現代到當代　鄭樹森著
69嚴肅的遊戲
・當代文藝訪談錄　楊錦郁著
70甜鹹酸梅　向　明著
71楓香　黃國彬著
72日本深層　齊　濤著

⑬美麗的負荷

封德屏 著

本書是作者從事寫作的文字總集。有少女時代所寫，如詩如歌的雋永小品；更有以求眞存眞的態度詳實記錄而成的報導文字，對象涵蓋作家、影劇圈、藝術家等文藝工作者的訪談記錄。值得有心人一起駐足品賞。

⑭現代文明的隱者

周陽山 著

生爲現代人，身處文明世界，又何能自隱於現代文明？本書內容包括散文、報導文學、音樂、影評、書評等，作者中西學養兼富，體驗靈敏，以悲憫之心關懷社會，以詳瞻分析品評文藝，是學術研究外，結合專業知識與文學筆調的另一種嘗試。

⑮煙火與噴泉

白 靈 著

本書詳盡的評析了新詩的源起及演變、臺灣詩壇的今與昔，除介紹鄭愁予、葉維廉、羅青等當代名家的詩作及創作理念外，並給予初習新詩者的入門指引，值得想一探新詩領域的您細細研讀。

⑯七十浮跡

・生活體驗與思考

項退結 著

本書是作者一生所思所悟與生活體驗。從青年時米蘭求學，到「哲學之遺忘」的西德八年，再到主持《現代學苑》實踐對文化與思想的關懷，最後從事教學與學術研究的漫長人生歷程。雖是略帶有自傳性質，卻也反映了一個哲學人所代表的時代徵兆。

⑰永恆的彩虹　小民 著

問世間情是何物，怎教人如此感念！環遶家園周遭的倫理親情、憶往懷舊的大陸鄉情、恆久不渝的溫馨友情……，是多麼的令人難以忘懷。本書作者以平和的語氣、平實的筆調，娓娓道出人世間的種種至情，讀來無限思情襲上心頭。

⑱情繫一環　梁錫華 著

寫作是件動腦動筆的事，使人保持身心熱切，而創造性的熱切是有助健康和留住青春的。本書作者以其悲天憫人的襟懷，寓理於文，冀望讀者會心處，除了青春、健康外，另有所得。

⑲遠山一抹　思果 著

本書是作者近二十年來有關文藝批評、中英文文學、語文、寫作研究的精心之作。作者學貫中西，探究深微，以精純的文字、獨到的見解，寫出篇篇字斟句酌、妙筆生花的佳作，令人百讀不厭。

⑳尋找希望的星空　呂大明 著

在人生的旅途中，處處是絕望的陷阱，但晚星的光芒是黎明的導航員，雨後的彩虹也會在遠方出現，絕望銜接著希望，超越絕望，希望的星空就呈現在眼前，願這本小書帶給您一片希望的星空……

(81) 領養一株雲杉

黃文範　著

有人說，散文是作家的身分證，對譯人何嘗不是如此。本書是作者治譯之餘，跑出自囿於譯室門外自遣的心血結晶，涉獵範圍廣泛，文字洗練而富感情，展現作者另一種風貌，帶給讀者一份驚喜。

(82) 浮世情懷

劉安諾　著

本書是作者以其所思、所感、所見、所聞，發而爲文的結集。作者才思敏捷，信手拈來，或詼諧、或雋永，皆屬上乘。在這匆遽忙碌的時代，不妨暫停一下，此書當能博君一粲。

(83) 天涯長青

趙淑俠　著

文藝創作者身處他鄉異國，該如何面對因文化差異所帶來的困擾？本書所描寫的，是作者旅居異域多年的感觸、收穫和挫折。其中亦有生活上的小點滴，時而凝重、時而幽默，清晰的呈現出東西文化的異同風貌，讓讀者享受一場世界文化的大河之旅。

(84) 文學札記

黃國彬　著

作者放眼不同的時空，深入淺出地探討文學的現象、趨勢，以至個別作家的風格，舉凡詩、散文、小說、文學評論等，都能道人所未道，言人所未言，把學問、識見、趣味共冶於一爐，堪稱文學評論集的佳作。

⑮訪草（第二卷）

陳冠學 著

本書是作者於田園生活中所見所感之作，內有田園畫，有家居圖，有專寫田園聲光、哲理的卷軸。喜愛大自然田園清新景象的讀者，將可從中獲得一份未曾預期的驚喜與滿足；另有一小部分有關人性與人生哲理的文字，則會句句印入您的心底。

⑯藍色的斷想
·孤獨者隨想錄
A·B·C全卷

陳冠學 著

本書是作者暫離大自然和田園，帶著深沉的憂鬱面對人世之作。一路上你將有許多領略與感觸，時或有天光爆破的驚喜；但多數時候，你的心頭將披著一襲輕愁，甚或覆著一領悲情。這是悲觀哲學，卻是被熱情、關心與希望融化了的悲觀哲學。

⑰追不回的永恆

彭歌 著

本書是《聯合報》副刊上「三三草」專欄的結集。作者以其犀利的筆鋒，對種種社會現象痛下針砭，冀望這些警世的短文，能如暮鼓晨鐘般，在這變亂紛乘的時代，起著振聾發聵的作用。

⑱紫水晶戒指

小民 著

俗世間的珍寶，有謂璀燦的鑽石碧玉，有謂顯榮的列鼎封侯。其實生活就是人生最美的寶物，不假外求。非常喜愛紫色的小民女士，以她一貫親切、自然的文筆，輯選出這本小品，好比美麗的紫色禮物，要獻給愛好文學也愛好生活的您。

⑧⑨心路的嬉逐

劉延湘　著

本書筆調清新幽默，論理深刻而又能落實於生活踐履。走一趟作者精心安排的「心路」之旅，您將莞爾一笑，心情頓時開朗。而您也將發現，原以爲只是一條山間小路，結果卻是風景優美，鳥語花香的舒坦大道。

⑨⓪情書外一章

韓秀　著

情與愛是人類謳歌不盡的永恆主題，它爲空虛貧乏的現代生活加添了無數的色彩。本書記錄下了作者在日常生活中感受到的親情、愛情、友情及故園情，在書中點滴的情感交流裏，在這些溫馨的文字中，我們是否也能試著尋回一些早已失去的東西。

⑨①情到深處

簡宛　著

本書是作者旅美二十五年後的第二十五本結集。身爲一個教育家，作者以其溫婉親切的筆調，寫出篇篇充滿溫情的佳構，不惟感動人心，亦復激勵人性。將愛、生活與學習確實的體驗，眞正感受到人生的有情，生命也因此生意盎然。

⑨②父女對話

陳冠學　著

一位老父與五歲幼女徜徉在山林之間，山林蓊鬱，山泉甘冽，這裏自有一份孤獨的甘美。本書是記述作者父女在人世僻靜的一個角落，過著遺世獨立生活的文字畫。舉世滔滔，這應是一面明鏡，堪供讀者對照。

⑨③陳冲前傳

嚴歌苓 著

在好萊塢市場，多少人一夜成名直步青雲，又有多少人一朝雲中跌落從此絕跡銀海。身為一個中國人，陳冲是經過多少的奮鬭與波折，身為一個聰慧多感的女子，她又是經過多少的心路激盪，才能處於這洶湧波滔中。本書將為您娓娓道出陳冲的故事。

⑨④面壁笑人類

祖　慰 著

本書是有「怪味小說派」之稱的大陸作家祖慰，在巴黎面壁五年悟得的佳構。他的散文神遊八荒，情貫萬里，將理性的思惟和非理性的激情雜揉一起。讀其作品既能吸收大量的科普知識，又可汲取其飄逸文風的美感享受。

⑨⑤不老的詩心

夏鐵肩 著

夏先生一生從事文化工作，大半心力都用在鼓勵培植有潛能的青年人，助他們走上文學貢獻之路。而他本身亦創作出不少的長短佳文。本書收錄計有：詩詞小品、散文、方塊評論等。作者一顆不老的詩心，洋溢在篇篇佳構中。

⑨⑥雲霧之國

合山　究 著

使中國風土之特殊性獨具一格的，與其說是天地的廣大，不如說是因塵埃、雲煙等而為之朦朦朧朧的自然空間吧！精氣、神仙、老莊、龍、山水畫、奇書等，其產生是有如何玄妙的根源啊！就以「雲霧」為起點，讓我們一起走進這美麗幻夢般的世界。

⑰北京城不是一天造成的

喜樂 著

打從距今七百五十多年前開始，北京城走進歷史的繁華紛亂。現在，且輕輕走進史册中尋常百姓的那頁，一盞清茶、幾盤小點，看純中國的插畫、尋純中國的足跡。由博學多聞的喜樂先生做嚮導，就讓你我在古意盎然中，細聆歲月的故事。

⑱兩城憶往

楊孔鑫 著

霧裡的倫敦、浪漫的巴黎，除此之外，這兩城你可還留有其他印象。本書是作者派駐歐洲新聞工作二十多年的記錄。透過作者敏銳的筆觸，且讓讀者徜徉在花都、霧城的政經社會、文化藝術、風土人情以及歷史背景中。

⑲吹不散的人影

高大鵬 著

時代替換的快速，不知替換了多少人生舞臺上出現刹那的面孔；而人類，偏又是最健忘的族群。本書中所收錄的文章，均是作者用客觀的筆，爲曾替人類社會或文化默默辛勤耕耘的「園丁」們，做最眞實的文字記錄。

⑳桑樹下

繆天華 著

本書是作者在斗室外桑樹蔭的綠窗下寫就的小品散文。作者試圖在記憶的深處，尋回那些感人甚深的、發人深省的，或者趣味濃郁的人文逸事，不惟激勵讀者高遠的志趣，亦能遠離消沉、絕望的深淵。

⑩1 文化脈動

張錯 著

「我是一個文化悲觀者，因爲我個人一直堅持某種希臘式的古典禮範，而這種文學或文化古典禮範，已日漸有如夫子當年春秋戰國的禮崩樂壞。」作者就是以這顆悲憫的心，用詩人敏銳的筆觸，深刻而熱切的批判著臺灣的文化怪象。

⑩2 牛頓來訪

石家興 著

本書爲作者三十多年來從事科學工作的心情寫照，包括思想、報導、論述、親情、遊記等等。文中處處流露出作者對科學的執著與熱愛，及超越科學之外的人文情懷，篇篇清新雋永，理中含情，情中有理，爲科學與文學的結合，作了一番完美的見證。

⑩3 深情回眸

鮑曉暉 著

作者生長在一個顛沛流離的時代，雖然歷經千辛萬苦，但行文於字裏行間，卻不見怨天尤人；有的只是對以往和艱苦環境奮鬥的懷念及對現今生活的珍惜，以及世間人事物的觀照及關懷。做爲一本懷舊之作，或是清新的生活小品，本書皆爲上乘之作。

⑩4 新詩補給站

渡也 著

你寫過新詩嗎？你知道如何寫一首具有詩味的新詩？本書是由甫獲得「創世紀四十周年創作獎」的詩人兼詩評論家渡也先生，深入而精闢的剖析一首新詩的形成過程，指導初學者從如何造簡單句到如何寫出一首詩，是一本值得新詩愛好者注意的書。

國立中央圖書館出版品預行編目資料

紫水晶戒指／小民著. --初版. --臺北
市：三民，民83
面；　公分. --(三民叢刊;88)
ISBN 957-14-2104-9 (平裝)

855　　83009465

著作人　小　民
發行人　劉振强
著作財產權人　三民書局股份有限公司
臺北市復興北路三八六號
發行所　三民書局股份有限公司
地　址／臺北市復興北路三八六號
郵　撥／〇〇〇九九九八——五號
印刷所　三民書局股份有限公司
門市部　復北店／臺北市復興北路三八六號
重南店／臺北市重慶南路一段六十一號
初　版　中華民國八十三年十一月
編　號　S 85275
基本定價　叁元伍角陸分
行政院新聞局登記證局版臺業字第〇二〇〇號

ISBN 957-14-2104-9 (平裝)